Ihr wahres Gesicht

Danke, Uta. Wie immer.

Enno Reins

Ihr wahres Gesicht

Ein Lozen Graham-Fall

Bibliografische Information der Deutschen Nationalbibliothek:
Die Deutsche Nationalbibliothek verzeichnet diese Publikation in der Deutschen Nationalbibliografie; detaillierte bibliografische Daten sind im Internet über http://dnb.dnb.de abrufbar.

TWENTYSIX
Eine Marke der Books on Demand GmbH

Herstellung und Verlag:
BoD – Books on Demand, Norderstedt

ISBN: 9783740727789

1.

„Wenn die Sonne unter- und der Mond aufgeht, verwandle ich mich in ein Sexmonster", erklärte der Sänger. Ein alter Song aus den 1980ern. Was für ein blöder Text, dachte sie. Die Frau war seit anderthalb Stunden unterwegs. So lange hatte sie von Washington, D.C., nach Hagerstown in Maryland gebraucht, eine Stadt mit rund vierzigtausend Einwohnern. Es war weit nach Mitternacht. Sie war nicht müde. Die vergangenen Tage hatte sie als Rausschmeißerin im Mountain Valley gearbeitet. Deshalb war sie im Nachtrhythmus.

Sie fuhr in einem alten, schwarzen Dodge Charger auf der Cleveland Avenue durch eine schlecht beleuchtete Wohngegend. Keine Fußgänger, kein Verkehr, perfekte Atmosphäre für einen Film über die Zombieapokalypse, dachte sie. Sie bog nach links in eine schmale, spärlich beleuchtete Gasse und hielt vor einem schäbigen weißen einstöckigen Holzhaus mit Spitzdach, in dem Licht brannte. Neben dem Gebäude parkte ein verdrecktes Wohnmobil, das offenbar lange nicht mehr bewegt worden war, denn es lagen volle Müllbeutel, leere Bierdosen, eine schwarze Plastikwanne und ein Fahrrad mit verbogenem Vorderrad davor. Sie stellte die Musik aus, den Wagen ab und stieg aus. Die Frau trug ein schwarzes Tanktop, schwarze Jeans und Springerstiefel. Ihre untere Kopfhälfte war rasiert und das lange schwarze Deckhaar, in dem es blaue Strähnen gab, trug sie gescheitelt zur linken Seite. Sie holte aus dem Kofferraum eine Schuhschachtel.

Es war heiß, trotz der späten Stunde. In den News wurde von einem Jahrhundertsommer gesprochen und der Klimawandel heftig diskutiert. Sie begann zu schwitzen. Im Haus hörte jemand laut Speed Metal. Drei durchgetretene Stufen führten rauf zur verdreckten Veranda und dem Eingang. Sie berührte mit der rechten Hand den Metallring, der aus ihrer vorderen Hosentasche schaute. Er gehörte zum Karambit, ihrer Lieblingswaffe. Es war ein Klappmesser mit einer klauenförmigen Klinge. Der Ring war für den Zeigefinger bestimmt und verhinderte, dass man es fallen ließ, wenn man einen Wirkungstreffer eingesteckt und die Hand sich geöffnet hatte. Das Karambit steckte in der rechten Hosentasche, befestigt mit einem Gürtelclip am Rand, sodass nur der Fingerring zu sehen war. Wenn sie das Messer an ihm herauszog, sprang die Klinge automatisch heraus.

Sie klingelte. Wegen der lauten Musik musste sie es mehrfach tun, bevor ein mittelalter Typ mit langen blonden Haaren, Vollbart, tätowierten Armen und Bierbauch die Tür öffnete. Er trug nichts außer einer zerrissenen Trainingshose und roch nach Schweiß. Hinter ihm stand eine dürre, bleiche Frau in T-Shirt und Jeans, die aussah, als wäre sie auf irgendeinem Trip.

„Deine Lieferung", sagte die Besucherin.

In der Schachtel befanden sich Kreditkartenrohlinge. Die transportierte sie für einen russischen Gangster, für den sie arbeitete. Der Typ griff nach der Schachtel, sie machte einen ausweichenden Schritt nach hinten.

„Erst die Kohle."

Der Typ kniff die Augen zusammen und starrte sie grimmig an. Er wollte ihr Angst machen. Sie war nicht beeindruckt.

„Die Kohle", sagte sie.

Der Typ gab der Dürren hinter sich ein Zeichen, die daraufhin verschwand und kurz darauf mit einer dicken Rolle Dollarscheine wiederkam, die von einem Gummiband zusammengehalten wurde. Sie reichte sie ihm. Er zog das Gummi ab, zählte ein paar Scheine ab, hielt sie der Frau mit der Box hin und steckte den Rest in die Hosentasche.

„700", sagte er.

„Ich bekomme 2000", sagte sie.

„700. Mehr als genug."

Warum mussten Loser es immer wieder versuchen, dachte sie, drehte sich um und ging, ohne ihn dabei aus den Augen zu lassen, die Treppen hinunter. Er folgte ihr.

„Schwester, mach keinen Ärger und gib mir die Schachtel."

Sie ging weiter, stellte die Schachtel aufs Autodach und legte die Hand auf den Fingerring des Karambits. Der Typ kannte seine Grenzen nicht.

„Nimm die 700, sonst kriegst du gar nichts."

Schnell zog sie das Karambit heraus, setzte die klauenförmige Klinge an seinen Hals und ritzte ihm in die Haut, sodass er leicht zu bluten begann. Panisch riss er seine Augen auf. Sie schaute zu seiner Partnerin. Die stand auf der Veranda und sah nicht aus, als verstünde sie die Situation.

„Hey", sagte er.

Sie sah ihn fragend an.

„Was ‚Hey'? Erzähl mir jetzt bloß nichts von einem Missverständnis."

Er atmete schwer. Sie trat ihm zwischen die Beine und verpasste ihm einen harten Schlag mit dem Ellenbogen gegens Kinn. Er ging zu Boden. Die Dürre rührte sich nicht. Sie kniete sich hin, zog das Geld aus der Hosentasche, zählte die 2000 ab, ließ den Rest auf den Boden fallen und warf die Schachtel vom Autodach, die auf dem Asphalt knallte, wodurch sich der Deckel öffnete und die Rohlinge herausfielen. Sie stieg in den Wagen, startete ihn und fuhr die Gasse hinunter, bis sie auf der Canon Avenue landete. Ihre Hände begannen zu zittern. Sie stoppte am Straßenrand. Seit sie bei einem Terroranschlag angeschossen worden war, kamen diese Anfälle, was sie bis heute nicht verstand, weil sie zuvor schon oft verletzt worden war. Posttraumatische Störung, hatte ihr Psychiater damals gesagt. Irgendwann kann man nicht mehr einstecken und muss einen anderen Job suchen, hatte er gesagt. Ihr Mittelfinger war die Antwort gewesen. Sie holte einen Joint aus dem Handschuhfach und zündete ihn an. Wie gewöhnlich verschwand das Zittern nach ein paar Zügen.

Sie schaute auf die Uhr ihres Smartphones. Es war fast eins. Sie hatte keine Lust, noch anderthalb Stunden zu fahren, und beschloss in Hagerstown zu übernachten. Sie suchte mit ihrem Smartphone im Internet ein Motel in der Nähe und entdeckte eines, nicht mal zwei Meilen entfernt. Sie fuhr hin und mietete bei einem bekifften Rentner ein Zimmer mit einem einigermaßen sauberen Bett und einem kakerlakenfreien Bad. Da sie Hunger hatte, ging sie zum Diner, den sie an der Einfahrt gesehen hatte, und bestellte bei einer übermüdeten Kellnerin einen Caesar Salad und ein Mineralwasser. Während sie aufs Essen wartete, schrieb sie ihrem Freund Lionel, der mit ihrem Mitbewohner Johnnie To unterwegs war, eine Nachricht, dass sie erst am Morgen wiederkommen würde. Sie bekam keine Antwort. Wahrscheinlich machten die beiden wild Party und schauten nicht aufs Telefon.

2.

Als sie aus dem Diner trat, standen sie da. Zwei Polizisten in schwarzen Uniformen, die mit ihren Waffen, die sie mit beiden Händen hielten, auf sie zielten. Sie schwitzten wegen der Hitze.

„Hände hinter den Kopf, auf die Knie", sagte der ältere der Polizisten.

Sie folgte den Anordnungen und fragte sich, was los war. Konnte es mit dem Arsch und den Kreditkartenrohlingen zusammenhängen? Eine Passantin blieb stehen und schaute herüber. Der Jüngere steckte seine Waffe weg, kam zu ihr, legte ihr Handschellen an, zog sie auf die Beine, tastete sie ohne unsittliche Absichten ab, nahm ihr das Smartphone, den Führerschein, das Geld, Autoschlüssel und das Karambit ab. Er zeigte das Messer seinem Kollegen.

„Schau, Bob, was die Fieses bei sich trägt."

Der ältere Polizist starrte auf das Klappmesser.

„So ein Ding habe ich noch nie gesehen", sagte er, „ist sie die Richtige?"

Sein Kollege schaute in den Führerschein.

„Dee Freeman. Sie ist es."

„Gut. Bring sie zum Wagen."

Am schwarz-weißen Streifenwagen, auf dem mit blauer Schrift das Wort Police stand, lehnte eine skeptisch dreinschauende Frau mit Pferdeschwanz. Sie trug ein braunes T-Shirt mit dem Logo eines belgischen Kirschbiers, Jeans und Sneaker. Der Polizist schob die Gefangene auf die Hinterbank des Wagens, schloss die Tür, setzte sich ans Steuer und wischte sich mit einem weißen Taschentuch den Schweiß von der Stirn.

„Was soll das Ganze?", fragte sie.

„Werden Sie schon erfahren, Ms. Freeman."

Sein Kollege sprach draußen mit der Pferdeschwanz-trägerin, die schließlich zu einem schwarzen SUV ging.

Als sie losfuhren, stellte der Ältere das Radio an. Eine Countrysängerin beklagte, dass die Honky-Tonk-Kneipen geschlossen wurden.

„Ist das eure Musik, Jungs?", fragte die Verhaftete, bekam aber keine Antwort.

Nach einer Viertelstunde stoppten sie vor einem zweistöckigen beigen Steingebäude mit Spitzdach, das aussah, als wäre es Anfang des vergangenen Jahrhunderts erbaut worden. Der Jüngere zog sie unsanft aus dem Wagen und schob sie zum Eingang ins Gebäude. Er führte sie durch ein Büro mit grauen Schreibtischen, auf denen alte Computer und noch ältere Telefone standen, zu einer grünen Metalltür, die er mit einem Sicherheitscode öffnete und hinter der sich vier Zellen befanden, nebeneinander durch Gitter getrennt, jeweils mit zwei Liegen, einem metallenen Klo ohne Klobrille und einem Waschbecken. In eine dieser Zelle schubste sie der Polizist.

„Hände", sagte er.

Das Gitter besaß einen Durchlass, durch den sie ihre Hände steckte. Er nahm ihr die Handschellen ab und verließ den Raum. Sie schaute sich um. Außer ihr gab es einen weiteren Gefangenen, der in der Zelle ganz rechts eingesperrt war. Ein mittelalter Kerl mit Vollbart, der ein blaues Hemd und eine graue Trainingshose trug. Er starrte sie eine Weile an, dann zog er Hose und Unterhose runter und begann sich stöhnend einen runterzuholen.

Sie setzte sich auf eine der Liegen und fragte sich, warum sie in der Zelle saß. War sie aufgeflogen? Sie hatte nicht damit gerechnet, dass es ewig gut ging. Aber wer war ihr auf die Schliche gekommen und was hatte die Frau mit Pferdeschwanz damit zu tun?, fragte sie sich.

3.

Die Metalltür öffnete sich und ein mittelgroßer Kerl trat ein. Er humpelte. In der rechten Hand hielt er einen schwarzen Krückstock, in der linken einen Hocker. Der Besucher hatte grau melierte Haare und kleine Narben um die Augen, die von seiner Vergangenheit als Boxer zeugten. Sie kannte den Kerl. Leider zu gut. Und seine Anwesenheit erklärte die Verhaftung. Keine Frage, die Frau mit Pferdeschwanz arbeitete für ihn. Der Besucher stellte den Hocker vor die Zelle, setzte sich hin und legte den Krückstock auf die Oberschenkel. Seit er total betrunken einen Autounfall gehabt hatte, besaß er ein steifes Bein, das ihm Schmerzen verursachte, weshalb er regelmäßig Schmerzmittel schluckte. Den Wichser ignorierte er.

„Ich mag die blauen Strähnen", sagte er, nachdem er sie eine Weile schweigend beobachtet hatte.

Sie zuckte mit den Schultern. Sie wusste, dass der Besucher eine Schwäche für sie hatte. Nicht, dass es irgendeinen Vorteil brachte. So etwas Sentimentales wie Freundschaft gab es in seiner Welt nur, solange die nicht im Weg stand.

„Du weißt gar nicht, wie sehr ich mich freue, dich lebendig wiederzusehen", sagte er.

„Kann ich von mir nicht sagen."

„Der Name Dee Freeman passt nicht zu dir."

Sie sagte nichts.

„Gefällt dir dein neues Leben?", fragte er.

Sie zuckte mit den Schultern.

„Du bist ständig in Bewegung, arbeitest für jeden, der dich bezahlt. Du bist nicht wählerisch. Zu deinen Stammkunden gehört Aslan Dvoskin, ein namhafter Gangster. Wegen ihm warst du in Hagerstown, nehme ich an."

Er zog sein Smartphone aus der Hosentasche und rief eine Datei auf.

„Mal schauen, was in meiner Akte über dich steht."

„Kennst du die nicht auswendig?"

Über den Besucher gab es die Legende, dass er über jeden in der Hauptstadt eine Akte hatte.

„Lozen Graham. Ex-Army, Ex-CID, ehemalige Besitzerin einer kleinen Sicherheitsfirma in Washington,

D.C., für Personenschutz und Ermittlungen. Angeklagt wegen Mordes. Aus dem Gefängnis ausgebrochen. Kurz darauf tot aufgefunden. Was ist passiert?"

„Das weißt du nicht?"

„Nicht wirklich."

„Ruth Manning, eine Milliardärin, der ich Manipulation beim Präsidentschaftswahlkampf nachgewiesen hatte, hat mir aus Rache den Mord angehängt. Wollte mich fertigmachen. Nach dem Ausbruch hab ich es nicht geschafft, meine Unschuld zu beweisen."

„Du hättest das Land verlassen können."

„Es wäre nur eine Frage der Zeit gewesen, bis das Gesetz mich erwischt hätte. Da machte der Tod Sinn."

Im Augenwinkel sah sie den Wichser, wie er die Hosen hochzog. Entweder war er fertig oder der Besuch hatte ihn abgetörnt.

„Wie?", fragte sie.

„Meine Leute haben Spuren eines Eindringlings in das National Crime Information Center entdeckt."

Das National Crime Information Center war die nationale Datenbank, in der Informationen über Verbrecher und Verbrechen gesammelt wurden, die mit nationalen und regionalen Polizeiorganen und Ämtern, wie der Kraftfahrzeugbehörde, verbunden waren. Da Lozen eine gesuchte Ausbrecherin gewesen war, hatte es DNA-Proben und ihre Fingerabdrücke im System gegeben. Damit sie als tot galt, hatte beides ausgetauscht werden müssen.

„Die virtuelle Spur kann nicht gereicht haben."

„Nein, hat sie nicht."

Lozen zog die Stirn kraus.

„Du bist schlampig geworden."

Er zog sein Smartphone und spielte ein Video ab. Zwei Frauen kämpften in einem Oktagon. Die eine war Lozen, die andere eine rothaarige Asiatin.

„Du bist seit zwei Monaten dabei."

„Gut recherchiert."

„Butterflyfights sind cool."

Bei den Butterflyfights verdiente sich Lozen etwas nebenbei. Es war eine unabhängige Kampfreihe, die erst seit Kurzem legal war und zu keiner der etablierten Mixed-Martial-Arts-Organisationen wie Ultimates oder Guerreador gehörte. Die Fights wurden im Internet gestreamt.

„Das bringt dir Spaß, oder?", fragte er.

Lozen war sich des Risikos bewusst gewesen, aber davon ausgegangen, dass sie ihr Äußeres ausreichend verändert hatte und sich niemand mehr für die tote Lozen Graham interessierte. Sie schaute den Besucher an. Er war einer, der sich gerne ins beste Licht stellte. Genau das tat er gerade, dachte sie. Die Verhaftung, der Knast, sein Auftritt, das hätte es nicht gebraucht, um mit ihr Kontakt aufzunehmen. Er hätte einfach an ihrer Haustür klingeln können.

„Du erzählst Unsinn."

„Glaubst du?"

„Yeah."

Sie grinste ihn an.

„Du hast mich durch Zufall entdeckt. Dann hast du deine IT-Menschen auf Spurensuche geschickt."

Er zuckte lächelnd mit den Schultern. Sie schüttelte den Kopf.

„Touché."

„Du schaust die Butterflyfights regelmäßig."

„Und eines Abends sehe ich da eine Frau, deren Bewegungen mir bekannt vorkommen. Als du gewonnen hattest, gab es ein Close-up. Beim zweiten Mal hinsehen war es klar."

„Pech."

„Nein, kein Pech. Als Verstorbene sollte man öffentliche Auftritte meiden."

„Hm."

„Seitdem habe ich dich im Auge behalten und Informationen gesammelt. Und jetzt gibt es zufälligerweise eine Situation, für die ich dich brauche."

„Was heißt das?"

„Ist es wichtig? Du willst nicht zurück nach Maka Prison und wegen Mordes vor Gericht landen."

Sie antwortete nicht und stellte sich vor, wie sie durchs Gitter den Kopf des Besuchers packte und gegen die Stahlstäbe schlug.

„Guck nicht so grimmig", sagte er, „natürlich wirst du bezahlt."

4.

Der jüngere Polizist gab ihr Smartphone, Führerschein, das Geld, Autoschlüssel und das Karambit
zurück und sah ihr ratlos hinterher, als sie die Polizei-
station verließ. Draußen war es nach wie vor unerträg-
lich heiß. Vor dem Eingang lehnte die Pferdeschwanz-
trägerin am schwarzen SUV und trank eine Cola. Lozen nahm ihr Smartphone und schickte eine Nachricht
an den Typen, dem sie das Geld für die Kreditkartenrohlinge übergeben sollte, dass sie es später vorbei-
bringen würde. „Alles klar", lautete die prompte Antwort. Lozen ging zur Frau am SUV.

„Mein Name ist Special Agent Jodie Miwa", sagte die
Pferdeschwanzträgerin, „ich bringe dich zum Flughafen und will keinen Ärger."

„Befehle befolgen ist meine Stärke."

„Kann ich mir nicht vorstellen."

Jodie Miwa hatte eine tiefe angenehme Stimme mit
Südstaatenakzent.

„Geht die Aircondition im Wagen, Miwa?", fragte
Lozen.

„Sicher."

„Dann sollten wir einsteigen."

Lozen ging um den Wagen herum, öffnete die Tür und setzte sich auf den Beifahrersitz. Im Inneren war es angenehm kühl. Das Radio lief. Ein schneller Song. „Die Zeiten ändern sich, auf diesen Moment habe ich mein ganzes Leben gewartet", erklärte der Sänger. Jodie Miwa schob sich hinters Steuer, stellte die Cola in den Getränkehalter, die Musik leiser und starrte Lozen an.

„Was?"

„Woher kennst du Mr. Farossi, Freeman?"

Lozen sah sie an. Harvey Farossi, so hieß der Besucher. Sie fand es interessant, dass er ihre wahre Identität für sich behalten hatte.

„Wenn er es dir nicht gesagt hat, warum sollte ich es?"

Harvey Farossi war der Berater des amtierenden US-Präsidenten Adam A. Kettle und damit ein mächtiger Mensch in Washington, D.C., mit dem man sich nicht anlegen wollte. Lozen hatte in der Vergangenheit für ihn gearbeitet. Er war ein Intrigant, ein Arsch, aber zahlte gut.

„Freeman, ich weiß nicht, was du bei dieser Mission sollst. Die bist eine Drifterin, eine Herumtreiberin und mehr nicht."

„Drifterin?"

„Was weiß Mr. Farossi über dich, das ich nicht weiß?"

„Vielleicht bist du zu schon zu lange beim FBI, Miwa, und baust langsam ab. Denn Fragen zu stellen, die einem der Boss nicht beantwortet, ist Subordination."

„Klugscheißerinnen gehen mir auf den Sack."

„Du hast einen Sack? Bist du transgender?"

Jodie Miwa schnaufte, ließ den Wagen an und fuhr los. Es herrschte kaum Verkehr. Ein neuer Song begann. Hip-Hop. Jodie Miwa schaute genervt.

„Du bist eine Indianerin", sagte sie zu Lozen.

Jodie Miwa hatte recht. Sie war eine Chiricahua-Apachin.

„First American wäre das richtige Wort."

„Scheiß ich drauf."

„Wenn ich es mir leisten kann, krieg ich das, was ich will", erklärte der Rapper. Jodie Miwa wechselte zu einem Sender, auf dem Country and Western lief.

„Kommen wir zur wichtigsten Frage", sagte Lozen.

„Die da wäre?"

„Was ist mit meinem Wagen? Er steht beim Motel. Ich habe ihn noch nicht sehr lange."

Sie hatte ihn widerwillig gekauft. Sie fuhr nicht gern. Aber für gewisse Jobs brauchte sie einfach einen. Jodie Miwa sah kurz zu ihr rüber.

„Gib mir den Schlüssel. Ich lasse ihn zu dir nach Hause bringen."

Lozen reichte ihr den Schlüssel.

„Das wird meinen Mitbewohner freuen."

Der Dodge Charger war schlank, schnell und eigentlich überhaupt nicht ihr Ding, aber sie hatte den Fehler gemacht, ihren Mitbewohner Johnnie To den Wagen kaufen zu lassen, und er stand auf eine Actionfilmreihe, in der einer der Helden den Hobel fuhr. Immerhin hatte er für wenig Geld eine Hybridversion bekommen. Sie wollte nicht wissen, von wem und welche Geschichte der Wagen hatte.

5.

Sie sprangen aus dem gelandeten Hubschrauber in die Dunkelheit. Wolken bedeckten den Mond. Es war kaum etwas zu erkennen. Das Team versammelte sich und schaute zu, wie der Hubschrauber abhob und wegflog.

„Wo lang?", fragte jemand, dessen Akzent nach den Virginias klang.

„Drei Meilen nach Osten", sagte einer mit russischem Akzent.

Sie waren zu acht und gemeinsam nach Nigeria geflogen. Sechs Typen, zwei Frauen, ausgerüstet mit italienischen Sturmgewehren und Handfeuerwaffen, die sie bei der Ankunft in Lagos in einer heruntergekommenen Flughalle von einem massigen Inder bekommen hatten, der sie wahrscheinlich aus Lagerbeständen der nigerianischen Armee geklaut hatte, weil die mit diesen Waffen ausgerüstet war. Der Inder hatte ihnen auch kugelsichere Westen, grün-braune Uniformen und Rucksäcke gegeben, die aus weißrussischen Beständen stammten.

Die Wolken gaben den Mond frei. Das Team marschierte los durch eine baumlose, hügelige Gegend und erreichte nach einer Stunde einen Fluss mit dichten hohen Büschen, die das Ufer säumten. Sie rasteten. Die meisten holten Essen und Trinken aus den Rucksäcken.

„Scheißdunkel", sagte ein Russe im Flüsterton zu Lozen.

„Yeah."

„Woher kommst du?"

„US of A."

„Ich liebe Amerika. Bin vor Kurzem zu meinem Onkel in San Francisco gezogen."

„Coole Stadt."

„Wenn diese Mission vorbei ist, mach ich da einen Laden auf."

„Mega."

Der Russe biss in ein Sandwich, wobei Senf auf seine Hose tropfte. Lozen stand auf und ging zum Flussufer, dessen Wasser langsam dahinfloss. Nicht sehr tief, schätzte sie. Sie ging flussabwärts, so weit, dass sie die anderen nicht sehen und hören konnten, setzte sich und trank etwas. Sie blieb gerne für sich. Die Luft war heiß, aber kaum heißer als in D.C. Sie hörte ein leises Geräusch und schaute in die Büsche. Sie starrte in die Dunkelheit. Etwas war dort. Beobachtete. Kein Tier. Ein Mensch. Wer beobachtete, war eine potenzielle Gefahr. Sie wartete. Nichts passierte. Sie war nicht das Angriffsziel. Sie trank einen Schluck, steckte die Flasche weg, stand auf und ging ohne Eile zurück zum Team und sprach einen kräftigen Typen an, dessen Kopfhaar rasiert war. Er hieß Jack Miwa. Er war der Anführer und, wie sich herausgestellt hatte, der kleine Bruder von Jodie Miwa.

„Jemand ist flussabwärts", sagte sie.

„Jemand?"

„Jup."

„Geht es genauer?"

„Nope."

„Hast du sie gesehen?"

„Nope. Aber da ist jemand."

„Niemand weiß, dass wir hier sind."

Lozen schwieg. Sie mochte Jack Miwa nicht, er war zu selbstbewusst, einer, der einen in den Tod führte, weil er glaubte, jede Situation zu beherrschen, was in dieser Branche eine Unmöglichkeit darstellte. Typen wie ihn hatte sie oft sterben sehen.

„Bestimmt ein Tier. Wir sind im verfickten Afrika. Bei Tigern und Löwen", sagte er.

Sie nickte und ging landeinwärts in die Büsche. Sie spürte, dass der Amerikaner ihr hinterherschaute. Als sie sicher war, dass er sie nicht mehr sehen konnte, lief sie in einem Bogen zurück, versteckte sich und blickte zum Lager. Sie war auf Hörweite. Jack Miwa rieb sich den Nacken und machte einen sexistischen Spruch zum Typen neben ihm, der leise lachte. Dann standen sie auf einmal da. Ein breitschultriger Asiate und ein Nigerianer, beide in Zivilklamotten, bewaffnet mit Maschinenpistolen.

„Sie sind nicht sehr vorsichtig, Mr. Miwa", sagte der Asiate, dessen Englisch einen Bostoner Akzent hatte, aber nicht den echten, sondern den, den Lozen von Hollywoodstars auf der Leinwand kannte. Er und sein Begleiter standen mit dem Rücken zu ihr. Jack Miwa schaffte es nicht, seine Überraschung zu verbergen. Der Asiate sah ihn voller Verachtung an.

„Wenn wir Feinde wären, wären Sie tot, Mr. Miwa."

Lozen war dem Asiaten schon einmal begegnet. Sie fand ihn überheblich. Sein Ego brauchte einen Dämpfer, dachte sie und trat lautlos, mit gezogener Waffe aus den Büschen. Jack Miwa bemerkte sie und fing an zu grinsen.

„Vielleicht, Mr. Chang", sagte er mit ruhiger Stimme, „vielleicht aber auch nicht. Wie siehst du das, Dee?"

„Wenn die Typen Feinde wären, wären sie tot."

Jack Miwa lachte, der Asiate drehte sich um.

„Ms. Freeman."

„Mr. Chang."

Der Asiate war kräftig, mit einer roten Narbe, die sich über sein Gesicht zog. Sie hatte ihn in der Lagerhalle in Lagos kennengelernt. Mit vollem Namen hieß er Len Chang. Er hatte den Kontakt gesucht. Jodie Miwa hatte ihr vor dem Abflug gesagt, dass sie ihn treffen würde, er ein Freelancer wäre, dem man nicht über den Weg trauen durfte. Dass sie sie trotz der offensichtlichen Abneigung gewarnt hatte, hatte Lozen beeindruckt.

Len Chang und der Nigerianer führten das Team erst flussaufwärts, dann bogen sie ins Landesinnere, wo sie nach einer Stunde eine Industrieanlage erreichten.

„Noch was unklar?", fragte Len Chang.

Keiner sagte etwas. Er hatte es in der Lagerhalle erklärt, nachdem sie Waffen und Ausrüstung erhalten hatten. Vor ihnen lag eine Chemiefabrik, betrieben von einer chinesischen Firma. Unweit der Anlage gab es eine Ansiedlung aus Wellblech- Holzhütten, in der die Angestellten und ihre Familien wohnten. Laut Len Changs Briefing hatte es vor achtundvierzig Stunden einen Angriff einer islamistischen Terrorgruppe gegeben, die die Anlage gestürmt, das Personal als Geiseln genommen und von der Betreiberfirma ein Lösegeld verlangt hatte. In der Anlage befänden sich Daten, die wichtig für die nationale Sicherheit der USA wären. Die galt es sicherzustellen. Was den Einsatz erschwerte, war, dass es, laut Len Chang, beim Angriff einen Unfall gegeben hatte, bei dem ein toxisches Gas freigesetzt worden war.

Jodie Miwa hatte Lozen die Geschichte schon auf dem Weg zum Flughafen erzählt. Sie hatte die FBI-Agentin gefragt, warum Daten in einer chinesischen

Fabrik so bedeutend wären, aber keine Antwort erhalten.

Das machte für Lozen alles keinen Sinn. Was sie zusätzlich beunruhigte, war der Umstand, dass das Team schnell zusammengestellt worden war, weil es bedeutete, dass es nicht die Besten der Besten waren. Sie hatte drei Bewertungskategorien. Profis. Loser. Amateure. Der Unterschied zwischen den beiden letzten Kategorien bestand darin, dass Loser Professionelle waren, die keine Qualität besaßen, was sie schwer berechenbar und gefährlich machte. Jack Miwa gehörte für sie in diese Kategorie.

Die Anlage lag in totaler Dunkelheit. Wahrscheinlich war die Stromversorgung zerstört worden. Jack Miwa verteilte Pillen ans Team. Lozen schluckte sie. Es dauerte nicht lange, bis die Unsicherheit und Angst verschwanden und sie sich entspannt und unbesiegbar fühlte. Es lebe das chemische Upgrade, dachte sie. Die Mitglieder des Teams setzten Gasmasken und Nachtsichtgeräte auf und näherten sich dem Gelände, das von einem Drahtzaun umgeben war. Der Russe schnitt ein Loch hinein, durch das sie aufs Gelände schlichen. Sie trafen auf keine Wachen und Len Chang hielt nach keinen Ausschau, was Lozen überraschte. Sie betraten das Gebäude, durchquerten den menschenleeren Eingangsbereich, marschierten einen Gang entlang, der zur Werkshalle führte, dessen Tor offen stand. Dem Team bot sich ein gespenstisches Bild. Rund hundert Menschen standen im Raum, nahezu bewegungslos, einige schwankten leicht hin und her. Man hätte denken können, sie schliefen, aber ihre Augen waren weit aufgerissen und glänzten weiß in der Dunkelheit. Unheimlich, diese Schlafenden, fand Lozen.

„Wir müssen durch die Halle, dahinter sind die Büroräume", sagte Len Chang im Flüsterton. „Und nicht vergessen: keinen Krach machen."

„In den Büros sind die Daten?", fragte Jack Miwa.

„Genau."

Jack Miwa gab ein Handzeichen und das Team bewegte sich langsam durch die Halle, vorbei an den schwankenden Schläfern, die sie trotz der aufgerissenen Augen erstaunlicherweise nicht wahrnahmen. Lozen fragte sich, was für Chemikalien durch den

Angriff freigesetzt worden waren. Vor ihr gingen Jack Miwa und Len Chang, der sich ständig umschaute. Ihr gefiel nicht, dass er nervös war. Sie schob sich an einer dicken Schläferin vorbei, die schwitzte und nach Urin stank.

Als die Hälfte der Strecke hinter ihnen lag, klingelte ein Handy, worauf der Russe fluchte, das Telefon aus der Hosentasche zog und ausschaltete. Aber es war zu spät. Die Schläfer waren erwacht. Sie gaben ein seltsames glucksendes Geräusch von sich, blickten sich um, lokalisierten die Mitglieder des Teams und warfen sich auf sie.

Lozen sah ein Dutzend Gestalten, die den Russen zu Boden warfen. Jack Miwa schrie, als ein Hundert-Kilo-Typ in seine Wange biss und ihn zu Boden riss. Im Augenwinkel nahm sie eine Bewegung wahr. Die dicke Schläferin stürmte auf sie zu. Sie schlug die Angreiferin mit dem Sturmgewehr nieder. Nicht weit von ihr jagte Len Chang einem Kerl eine Kugel in den Bauch. Ihr fiel auf, dass die Schläfer ruhig blieben, wenn sie verwundet wurden. Was immer in dieser

Anlage produziert worden war, es verwandelte Menschen in Monster.

Schläfer kamen auf sie zu. Sie atmete durch, rannte zur linken Seite der Halle, stieß einen zur Seite, der sich ihr in den Weg stellte, und lief weiter. Die Schläfer folgten ihr. Sie drehte sich um, erschoss sie und lief weiter in die Richtung, in der die Büroräume lagen. Sie sprang über ein Rohr, erreichte die Tür, die zu den Büroräumen führte, drückte sie auf, sprang hinein, schloss die Tür und schaute sich um. Keine Schläfer. Sie stand allein in einem Großraumbüro.

Sie lief zu einem der Rechner, legte das Sturmgewehr auf den Schreibtisch, fuhr den Computer hoch, gab das Password ein, das Len Chang ihr in Lagos gegeben hatte, holte eine Festplatte aus dem Rucksack, schloss den Rechner an, suchte die Dateien, fand sie und lud sie herunter. Sie war fast fertig, als Len Chang, verfolgt von zwei Dutzend Schläfern, ins Büro stürzte, strauchelte und zu Boden fiel. Aus dem Hals spritzte Blut. Lozen schaute auf den Bildschirm. Der Download war beendet. Das ging schnell. Sie steckte die Festplatte in den Rucksack, sah Schläfer auf sich zukommen und weitere ins Büro strömen, kam zum Schluss, dass sie Len Chang nicht helfen konnte, und rannte los.

Am Ende des Ganges befand sich ein großes Fenster. Durch das konnte sie den Nachthimmel sehen. Sie feuerte im Laufen aufs Glas, bis es zersplitterte, sprang nach draußen, landete auf dem Boden, riss die Maske vom Gesicht und rannte in die Dunkelheit. Sie erreichte die Ansiedlung aus Wellblech- und Holzhütten, die spärlich beleuchtet war. Am Ende der Gasse sah sie Frauen und ältere Männer, die den Weg versperrten und irgendetwas schrien. Das waren die Angehörigen der Menschen in der Fabrik, die wahrscheinlich die Schüsse gehört und Angst hatten. Lozen sah eine Holzleiter, kletterte hoch und rannte über die Dächer der Hütten. Eines gab unter ihrem Gewicht nach und sie fiel nach unten. Es waren nicht mal zwei Meter, weshalb sie den Sturz abfedern konnte. Als sie sich aufrichtete, schlug eine dicke Frau mit einer Machete nach ihr und streifte sie am rechten Oberarm. Lozen schubste sie zur Seite und rannte aus der Hütte in die Dunkelheit. Erst als sie den Fluss erreichte, stoppte Lozen und setzte sich außer Atem ans Ufer. Ihre Hände begannen zu zittern. Sie zog einen Joint aus der Beintasche und zündete ihn an.

6.

In der Abenddämmerung ging Lozen schwitzend die Butternut Street in Takoma Park hinunter. Es herrschte nicht viel Verkehr. Menschen saßen in den Vorgärten oder auf den Verandas der Häuser, an denen sie vorbeikam. Ein leichter Wind wehte durch die Bäume, der ein wenig Kühlung bot. Lozen war vor zwei Stunden am Dulles International Airport gelandet, mit der Silver Line in die Stadt gefahren und auf dem Weg nach Hause. Keines der übrigen Teammitglieder hatte es geschafft. Der Helikopter hatte sie am Treffpunkt abgeholt und zu einem Flugfeld am Rand von Lagos geflogen. Der Inder war erschienen, hatte sie zu einem Feldbett in einem Office der Flughalle geführt und ihr gesagt, er würde wiederkommen. Sie hatte zweieinhalb Tage gewartet, die Zeit mit Sport und einem zehn Jahre alten Ego-Shooter totgeschlagen, dann war der Inder erschienen, hatte ihr das Ticket gegeben und sie zum Flughafen gefahren. Sie war nach London Heathrow geflogen, von dort, nach siebeneinhalb Stunden Aufenthalt, nach D.C., wo sie mit Verspätung am frühen Abend gelandet war. Die ganze Reise hatte knapp einen Tag gedauert. Geschlafen hatte sie wenig, die meiste Zeit hatte sie Filme geschaut, auch wenn sie Flugzeugversionen hasste, weil sie aus Jugendschutzgründen brutal gekürzt waren.

Der 59er Bus fuhr vorbei. Lozen überquerte eine Straße und blieb vor einem grün gestrichenen einstöckigen Holzhaus stehen, das eine Veranda an der Vorderseite besaß und von einem Zaun umgeben war, hinter dem ein verwunschen wirkender Garten lag, der trotz der Hitze nicht ausgedörrt war und in dem sich Bienen und andere Insekten tummelten. Sie ging zur Haustür und schloss sie auf. Die angenehme Kälte, die die Aircondition produzierte, umfing sie, was sie genoss. Zwei Typen saßen auf der Couch und schauten einen MMA-Fight auf dem Flatscreen.

„Hey, Männer", sagte sie zur Begrüßung.

„Hey, Lozen, du bist zurück", sagte der jüngere mit asiatischen Gesichtszügen und langen schwarzen Rastalocken. Es war ihr Mitbewohner Johnnie To. Vor ihm lag ein riesiger haariger, weißer Hund, der sich erhob und zu ihr getrottet kam. Sie ging in die Knie und tätschelte seinen Kopf.

„Wie geht es dir, Warchoi?"

Das Tier schleckte ihre Hand. Warchoi war in Star City – Lozens Lieblings-Science-Fiction-Serie, die von den Bewohnern einer riesigen Stadt erzählte, die durch den Weltraum schwebte – ein Rakken, ein gigantischer Wolfshund, der den einsamen Sternenkrieger Toburak begleitete. Nach dem war er benannt.

„Immer wieder schön, dass du Warchoi vor mir begrüßt", sagte der andere Typ mit einem Lächeln.

Er hieß Lionel, war groß, schlank, hatte lange schwarze Haare, einen Bartschatten, trug ein schwarzes Tanktop, darüber ein schwarzes Leinenhemd und schwarze Jeans. Er besaß Tätowierungen am ganzen Körper, außer im Gesicht. Das war seine Szene, damit verdiente er sein Geld. Als Tattookünstler reiste er durch die Welt, blieb ein paar Tage oder Wochen an einem Ort, bevor er weiterzog. So hatte Lozen ihn kennengelernt. Sie hatte ein neues Motiv gewollt, war in ein Studio gelaufen, er war frei, weil jemand abgesagt hatte, und hatte ihr in vier Sitzungen einen Drachen auf den Rücken tätowiert.

„Hey, Künstler", sagte sie.

„Hey, Kriegerin", sagte er.

Lionel gab ihr einen Kuss auf den Mund. Währenddessen ging Johnnie To in die Küche, holte eine Weißweinflasche und Gläser. Die Küche war durch eine Theke vom Wohnbereich getrennt. In dem befanden sich ein dreisitziges Sofa mit einem flachen Holztisch und ein Flatscreen-Fernseher. Lozen setzte sich zwischen die beiden aufs Sofa, Warchoi legte sich vor ihre Füße.

„Der Garten sieht toll aus, trotz der Hitze", sagte sie.

„Ich wässere ihn zurzeit dreimal am Tag", sagte Johnnie To.

„Wie war der Einsatz?"

„Hart."

Sie streichelte den Kopf des Rakken.

„Was hattet ihr für heute Abend geplant?"

„Einen Ultimates-MMA-Titelfight, dann einen Filmklassiker und jede Menge Wein", sagte Johnnie To.

„Sollte nicht die neuste Staffel Star City rauskommen?"

„Ohne dich konnten wir die doch nicht anschauen."

„Ihr seid süß."

„Immer."

„Was für einen Film wollt ihr sehen?"

„Aus den 1970ern, über einen Countrysänger, der die Menschen um sich herum scheiße behandelt und am Ende durch einen Herzanfall stirbt."

„Schön, dass du uns das Ende verraten hast", sagte Lionel.

„Der Film ist besser, wenn man es weiß."

„Da hat er recht", sagte Lozen.

„Du kennst ihn?"

„Klar."

„Macht ihr zwei eigentlich nichts anderes, als Filme zu gucken, wenn ich nicht da bin?"

Lionel war wegen seines Jobs nur alle paar Wochen in D.C. Das letzte Mal war es vor knapp zwei Monaten gewesen.

„Eigentlich nicht", sagte Lozen.

„Wozu auch", sagte Johnnie To.

Lionel schüttelte den Kopf und schenkte ein. Sie prosteten sich zu.

„Können wir den Film überhaupt schauen?", fragte Johnnie To.

„Wenn nicht, darfst du mitkommen", sagte sie.

„Was? Schon wieder?", fragte Lionel.

„Spaßbremse", sagte Johnnie To.

„Wozu bist du eigentlich jetzt auf BubbleBub?"

„Du bist auf BubbleBub?", fragte Lozen.

BubbleBub war eine populäre Dating-App.

„Seit zwei Tagen."

„Und?"

„Bis jetzt kein Hoop."

„Hoop gleich heißer Mensch und Hiip weg damit, oder?"

„Yeah, so ist es", sagte Johnnie To.

„Du bist zu wählerisch", sagte Lionel.

„Dann würde ich nicht mit dir hier sitzen."

7.

Lozen klopfte an der Tür. Sie war vom Bewohner der Wohnung massiv verstärkt worden. Niemand öffnete. Eine Klingel gab es nicht. Was jetzt, fragte sie sich. Sie stand im Hausflur. Sie bemerkte eine Bewegung links von sich. Ein Typ mit blondem Vollbart, der ein zu enges rotes T-Shirt mit einem roten Stern drauf und glänzende rote Thai-Box-Shorts trug, kam aus einer Wohnung am Ende des Flures. Er war um die vierzig, außer Form und sein rechter Arm war fast schwarz vor Tätowierungen.

„Hey, Dee, so langsam fing ich mir schon an Sorgen zu machen?"

„Worüber, Shostakov? Dass ich mit den 1750 Dollar nach Rio abgehauen bin, um da mit dem Geld das Leben einer Lottogewinnerin zu führen?"

„Yeah. So was", sagte er grinsend.

Shostakov trug einen Karton mit dem linken Arm. Er arbeitete für Aslan Dvoskin. Er hatte zwei Wohnungen auf diesem Stockwerk gemietet. In einer wohnte er mit seiner Freundin und deren vierjährigem Sohn, in der anderen lagerte er seine Waren. Er ging an Lozen vorbei, schloss die Wohnungstür auf, ging gefolgt von Lozen hinein, wo eine Frau auf dem Sofa saß und einen Ego-Shooter spielte. Er stellte den Karton in eine Ecke. Lozen gab ihm das Geld.

„Was hat so lange gedauert?", fragte er.

„Ein Notfall."

„Würde Aslan dir nicht vertrauen, wäre dies zu einem Problem geworden."

„Ich weiß. Hat er was gesagt?"

„Nein, nur das du manchmal sehr busy wärst."

„Ist so."

Shostakov nickte. Er war in Ordnung. Kein Typ, der andauernd beweisen musste, dass er tough und brutal war. Wegen der relaxten Art schätzte Lozen ihn.

„Wir haben in ein paar Tagen wieder eine Lieferung."

„Geht klar."

„Da bitte das Geld schneller."

„Wenn ich nicht wieder nach Afrika muss, kein Problem."

„Aslan hat mich vor deinem Humor gewarnt."

„Dann weißt du ja Bescheid."

Sie grinste ihn an und ging. Ihr Wagen parkte vor dem dreistöckigen Gebäude auf der Peabody Street, unweit eines MoreMarket-Superstores, einer Mischung aus Supermarkt und Kaufhaus. Sie stieg ein und fuhr los.

Nach einer halben Stunde stellte Lozen das Auto in einem Parkhaus ab, nahm ihren Rucksack, überquerte die Straße und bewunderte das Licht der schwarzen Schinkelleuchten mit ihrem typischen sechseckigen Leuchtkörper in der Abendröte, von denen eine Treppe zum bogenförmigen Eingang führte, über dem der Name des Hotels stand: Belhaven, ein ehemaliges Appartementgebäude, gebaut in den 1930ern, Stahlskelettbauweise, neun Stockwerke hoch, düster, schwer, unheimlich. Sie ging durch die Drehtür, durchquerte die lang gezogene Lobby mit Wänden aus dunkelgrauem Stein, über der ein dekoratives Holzgitter schwebte, stieg mit einer Gruppe bekiffter Teenager in den Fahrstuhl und fuhr hoch. Als sie im obersten Stockwerk aus der Kabine trat, kam sie in eine Welt aus rotem und dunkelorangem Licht. Das illuminierte die Wände und flackerte an der Decke wie Flammen eines Feuers.

Die Tanzfläche war gut gefüllt. Auf der Bühne mit einem Dutzend Leuchtröhren im Hintergrund stand eine Sängerin und erzählte von einem Tanz im Mondlicht. Über der Bühne stand der Name des Clubs: Plex.

Lozen ging eine geschwungene Treppe nach oben, die in ein quadratisches Glashaus auf dem Dach führte, in dem sich eine Bar mit einer u-förmigen Theke befand. Die Barkeeperin mit blondem Haar, die ein kurzes Kleid, kniehohe Strümpfe und Springerstiefel trug, hatte viel zu tun. An der Theke saß Harvey Farossi. Vor ihm lag der Krückstock. Er nickte ihr zu, als er sie bemerkte.

„Cooler Ort", sagte er.

Die Barkeeperin kam und fragte, was sie trinken wollte. Sie bestellte ein Bier.

„Die Daten", sagte Harvey Farossi.

Sie nahm den Rucksack von den Schultern, zog die Festplatte aus Nigeria heraus und gab sie ihm.

„Du hast keine Kopie?"

„Natürlich nicht."

„Ich hoffe, du sagst die Wahrheit. Wie du weißt, ist es eine Frage der nationalen Sicherheit."

„Können diese Augen lügen?"

„Leider ja."

„Du warst schon mal charmanter."

„Alles zu seiner Zeit."

„Zeit ist eine Bitch."

„Warum hast du es so kompliziert gemacht? Warum war die Übergabe nicht wie abgesprochen an Jodie Miwa nach der Landung? Sie ist echt sauer."

„Weil du über den Einsatz nicht die Wahrheit gesagt hast."

„Daten sicherstellen, darum ging es."

„Dein Informant und das Team ist tot, Terroristen gab es nie und es geht um einen Kampfstoff mit erschreckenden Auswirkungen."

„Kampfstoff?"

„Harv, verkauf mich nicht für dumm."

Harvey Farossi lächelte und fuhr sich durchs Haar.

„Wer war dieser Len Chang?", fragte sie.

„Ein Freelancer."

„Ich weiß. Zuverlässig?"

„Hat nie viel geliefert. Versuchte gelegentlich Unwichtiges als Wichtiges teuer zu verkaufen."

„Warum also der Einsatz?"

„Warum sollte ich es dir sagen?"

„Weil du ein netter Kerl bist?"

Er lachte kurz auf.

„Also gut: Er hatte sich vor ein paar Tagen gemeldet, meinte, dass in einer chinesischen Fabrik ein effektiver Kampfstoff entwickelte worden wäre, es aber bei der Herstellung einen Unfall gegeben hätte, was aber die Sicherstellung der Daten einfacher machen würde. Ich habe die Chance genutzt."

„Warum hast du ihm geglaubt?"

„Videoaufnahmen."

Schlafende in Aktion, vermutete Lozen.

„Warum sind die Chinesen nicht vorher reingegangen?", fragte sie.

„Vielleicht wussten sie nichts davon, vielleicht waren wir einfach schneller."

„Was nun, Harv?"

„Ich lasse die Daten analysieren."

„Und dann?"

„Werden wir sehen."

Er stand auf.

„Wir sehen uns."

„Ich hoffe nicht."

Harvey Farossi humpelte davon.

„Noch ein Bier?", fragte die Barkeeperin.

„Auf jeden Fall. Ich nehme ein Stout."

Die Sängerin erzählte mittlerweile etwas über traurige, einsame Nächte. Lozen überlegte, wer den Song im Original gesungen hatte, als sich ein schlanker Indonesier um die fünfzig neben sie setzte.

„Hey."

„Hey."

„War er das?"

„Jup. Ich wollte, dass du ihn einmal siehst."

Sie holte aus dem Rucksack eine zweite Festplatte und gab sie ihm. Der Typ hieß Joko Uwais. Ihm gehörte das Belhaven. Allerdings war das Führen des Hotels eine Nebenbeschäftigung. Seinen Hauptberuf übte er im virtuellen Raum aus und war da das, was man im vorherigen Jahrhundert als einen Gangster bezeichnet hätte.

Normalweise ließ Lozen Computerprobleme von einem anderen erledigen, aber sie befürchtete, dass Harvey Farrossi ein Auge auf Menschen hatte, mit denen sie normalerweise zusammenarbeitete. Sie vertraute Joko Uwais nur bedingt, weil er ein Krimineller war. Aber Lozen hatte keine Wahl. Wenn Harvey Farossi chinesische Daten stahl und eine Freelancerin wie sie dafür einsetzte, war es eine schmutzige Angelegenheit, die unter Umständen noch nicht vorbei war, weshalb sie sich schützen musste. Leider kostete das. Joko Uwais' Dienste waren nicht billig. Zum Glück hatte sie im vergangenen Monat einige der Schuhkartons für den russischen Gangster ausgeliefert. Das Geld war nun weg.

„Den Humpelnden habe ich schon mal gesehen", sagte er.

„Arbeitet für den Präsidenten."

„Wirklich?"

„Das hier ist gefährlich."

„Ich steh auf Gefahr."

„Ich nicht."

8.

Er lehnte lässig an ihrem Wagen, rauchte eine Zigarette und lächelte sie an, als sie die Auffahrt des Hotelparkhauses hochkam. Der Chinese war schlank, mit einem glatten Gesicht, kurzen schwarzen Haaren, dunklen Ringen unter den Augen und einem müden Lächeln. Er wirkte elegant, obwohl er bloß ein langärmliges Shirt, Jeans und Sneaker trug. Er erinnerte sie an einen Schauspieler, der in einem ihrer Lieblingsfilme mitspielte, in dem ein Polizist undercover in eine Triade eindringt und gleichzeitig ein Triadenmitglied die Hongkonger Polizei infiltriert.

„Guten Abend, Ms. Freeman", sagte er.

Lozen ignorierte ihn, ging weiter und öffnete mit dem Funkschlüssel den Dodge Charger.

„Ein guter Wagen. Gibt es da nicht diese Filme?"

„Gibt es."

„Ich heiße Jing Uen."

„Wie schön für Sie."

„Wie war Ihr Abend mit Harvey Farossi?"

Sie ging an ihm vorbei und öffnete die Fahrertür.

„War Nigeria so anstrengend oder reden Sie nie viel?", fragte er.

Er roch nach Schweiß und Parfüm. Sie sah ihn an. Er sah wirklich wie der Schauspieler aus.

„Sie müssen keine Angst haben, Ms. Freeman."

„Da bin ich ja beruhigt."

Er lachte kurz auf und zog ein Smartphone aus der Gesäßtasche.

„Sie kriegen meine Telefonnummer nicht", sagte sie.

„Wie schade."

Er tippte etwas ins Telefon, hielt ihr das Display hin und startete ein Video. Unscharfe Bilder, aufgenommen von einer Überwachungskamera in der Fabrik in Nigeria. Lozen sah sich, wie sie die Frau ausschaltete und Richtung der Büroräume lief. Jing Uen war wahrscheinlich vom Guoanbu, dem chinesischen Geheimdienst. Wie hätte er sonst in den Besitz der Aufnahmen kommen können.

„Wer ist diese Frau mit der Gasmaske?", fragte Lozen.

„Sie sind ziemlich gut für eine Rumtreiberin."

„Rumtreiberin ist kein nettes Wort."

„Farossi ist ein Profi und würde nie mit einer Drifterin zusammenarbeiten. Das eröffnet die Frage: Wer sind Sie?"

„Das fragt mich mein Psychiater bei jeder Sitzung." Jing Uen zog lächelnd eine schwarze Visitenkarte aus seiner Hosentasche, auf der eine Mobilnummer und eine E-Mail-Adresse standen.

„Melden Sie sich."

„Für den Guoanbu habe ich noch nie gearbeitet."

„Sie sollen mit mir, nicht für mich arbeiten."

„Soll heißen, Sie wollen mich nicht bezahlen."

„Darüber kann man reden. Einen guten Abend, Ms. Freeman."

Jing Uen stieß sich vom Wagen ab und schlenderte Richtung Ausfahrt. Er hatte einen lässigen, coolen Gang, fand Lozen.

Sie zog ihr Smartphone und rief Harvey Farossi an, der sofort dranging.

„Lozen."

„Wer ist Jing Uen?"

„Fuck."

„Fuck?"

54

„Nicht gedacht, dass er so schnell auftaucht."

„Nicht gedacht, dass er so schnell auftaucht?"

„Wo hast du ihn getroffen?"

„Eben im Parkhaus des Belhaven. Wer ist der Typ?"

„So was wie der John Garvin Pekings."

John Garvin war ein legendärer Kino-Geheimagent im Dienst des britischen MI6, von dem es 27 Spielfilme gab, basierend auf den Romanen von George Roy, geschrieben zwischen den 1950ern und 1970ern. Lozen mochte den ersten Darsteller aus den 1960ern, ein charmanter Ire namens Roddy Meehan, mit dunklen Haaren und markanter Nase.

„Er sieht besser aus als Roddy", sagte sie.

„Du stehst auf den klassischen Garvin."

„Auf jeden Fall."

„Hätte ich nicht gedacht."

„Wieso kennst du den Namen eines einfachen chinesischen Agenten? Es wird einige in den USA geben."

„Kann ich dir nicht sagen."

„Okay. Versuchen wir es anders. Was kannst du über ihn sagen?"

„Nicht viel. War lange in Los Angeles. Offiziell als Kulturattaché beim chinesischen Konsulat."

„Heißt?"

„Hat sich um Dinge gekümmert wie Filmkooperationen mit Hollywood und so."

„Wirklich?"

„Ich wusste, dass es dir gefällt."

„Seit wann ist er in D.C.?"

„Erst seit Kurzem."

„Nimmt er Drogen?"

„Keine Ahnung."

„Hm."

„Unterschätz ihn nicht."

„Danke für die Warnung."

9.

„Heilt gut, aber wird eine wunderbare Narbe", sagte Lionel, der auf dem Sofa Lozens Machetenwunde aus Nigeria versorgte. Es war am Anfang ihrer Beziehung ein Spiel zwischen ihnen gewesen. Er hatte auf eine ihrer vielen Narben gezeigt und sie hatte erzählt, woher sie kam. Dass er eine behandelte, war neu, aber nicht ohne Reiz, fand Lozen.

„Woher weißt du das mit der Narbe?", fragte Johnnie To.

„Er war früher mal Sanitäter, vor den Tattoos", sagte Lozen.

„Wirklich?"

„Yeah, aber nicht lang", sagte Lionel, verband Lozens Arm und fragte: „Willst du wirklich trainieren gehen? Die Wunde wird sich öffnen."

„Du weißt, dass ich am Wettkampf teilnehme."

„Dann lässt du ihn ausfallen."

„Wenn ich nicht kämpfe, mache ich Unsinn."

Er sah sie skeptisch an.

„Wie hat es mal ein großer Boxer gesagt: Das Gras wächst, Vögel fliegen, ich schlage Leute zusammen."

Lionel lächelte. Lozen nahm an der aktuellen Butterflyfight-Championship teil. Sie gab Lionel einen flüchtigen Kuss auf den Mund und ging in den ersten Stock, um ihren Rucksack mit den Boxhandschuhen, den Schienbeinschonern und den Sportklamotten zu holen. Ihr Smartphone klingelte auf dem Weg nach oben. Sie sah, dass es Joko Uwais war, und ging ran.

„Hey."

„Hey."

„Was gibts? Weißt du schon, was auf der Festplatte ist?", fragte sie und setzte sich auf die oberste Treppenstufe.

„Nope. Die Daten aus Nigeria sind codiert."

„Das war ja eigentlich klar, oder?"

„Sicher. Aber ich habe nicht gedacht, dass sie so schwer zu entschlüsseln sind."

„Oh."

„Dein Regierungsmann wird auch Probleme haben."

„Eine so schwere Codierung? Farossi hat die Experten der Geheimdienste zur Verfügung."

„Es ist eine besondere. Nicht die übliche, wie sie die IT-Sicherheit in Firmen programmieren. Und auch Geheimdienste arbeiten anders. Diese wird meistens von Postboten benutzt."

„Postboten?"

„Menschen, die illegale Daten transferieren oder transportieren."

„Transferieren oder transportieren?"

„Manchmal kann es sein, dass es sicherer ist, Daten auf einen Stick zu packen und dem Auftraggebenden persönlich vorbeizubringen. Zum Beispiel wenn man weiß, dass die Mail-Accounts überwacht werden."

„Verstehe. Was ist das Besondere an der Codierung?"

„Gute Postboten verteilen die jeweiligen Informationen auf mehrere Dateien, die sie auf unterschiedliche Arten verschlüsseln. Man muss also die einzelnen Codes knacken, die verschiedenen Informationsbrocken heraussuchen und dann kombinieren. Super schwer."

„Du hast es versucht?"

„Ja. Und bin gescheitert."

„Was heißt das?"

„Wir müssten den Schlüssel bekommen."

„Den Schlüssel?"

„Bei der komplexen Kodierung wird der Postbote eine Decodierung geschrieben haben: den Schlüssel."

Er machte eine Pause.

„Muss ich fragen, was ein Schlüssel ist und was er kann?"

„Diese Art von digitalem Schlüssel ist einmal einsetzbar. Es kann kein zweiter hergestellt werden. Er besitzt ein Wasserzeichen, das einzigartig und nicht kopierbar ist, um einen analogen Begriff zu benutzen, der seine Echtheit garantiert. Nur mit dem richtigen Wasserzeichen werden die kodierten Dateien den Schlüssel akzeptieren. Ist es ein falsches, löschen sich die Dateien."

„Das heißt: Um den Schlüssel zu finden, müssen wir wissen, wer die Dateien verschlüsselt hat, richtig?"

„Richtig. Ich versuche an die Personalunterlagen der nigerianischen Fabrik zu kommen."

„Gut."

„Ich melde mich, wenn ich weiter bin."

„Mach das."

Sie beendete das Gespräch, schickte eine Nachricht an Harvey Farossi, fragte, ob er die Personalunterlagen besorgen konnte, und holte den Sportrucksack, der gepackt am Bett im Schlafzimmer lehnte. Das mit dem Postboten gefiel ihr nicht.

Sie verabschiedete sich von Lionel und Johnnie To, winkte Warchoi zu sich und ging mit ihm zur Metro-Station, wo sie in den Zug Richtung Shady Grove einstiegen, in Fort Totten von der Red in die Green Line wechselten, nach vier Stationen in Greenbelt ausstiegen und zu Fuß zum Gym gingen, das sie nach einer guten halben Stunde erreichten. Es lag im dritten Stock eines Gebäudes aus den 1970ern, mit getrennten Bereichen für Krafttraining, Brazilian Jiu-Jitsu und Thaiboxen, dazu ein Oktagon und ein klassischer Boxring. Es war viel los. Wegen der schlechten Lüftung war es heiß und stickig. Am Boxring lehnte ein durchtrainierter Typ mit roten Haaren und Bart, der nur Thai-Box-Shorts trug. Er hieß Eric, führte das Gym und trainierte sie.

„Hey, Dee.“

„Hey.“

„Alles gut? Du siehst müde aus.“

„Viel zu tun.“

„Weißt du schon, gegen wen?"

„Nope. Gene entscheidet das ja immer sehr spontan."

Gene Montclare war der Organisator der Butterfly-fights. Lozen ließ ihn ihre Gegner oder Gegnerinnen aussuchen. Das machte die Herausforderung größer. Eric zeigte in den Ring, in dem ein Weißer mit kurzen dunklen Haaren und Bart und ein jüngerer Schwarzer standen, die miteinander sparrten.

„Deine Trainingspartner für heute. Zu Gast in D.C. Jakob und Joel aus Bayern. Beide sehr gut. Trainer und Kämpfer. Joel kämpft in einer Woche bei Ulti-mates."

„Cool."

„Zieh dich um."

„Ich muss ein bisschen aufpassen. Schnittwunde am Arm."

„Probleme beim Kartoffelschälen?"

„Haushaltsarbeit kann verdammt gefährlich sein."

Eric lachte. Er wusste, dass Lozen keinen normalen Nine-to-five-Job hatte.

10.

Als Lozen anderthalb Stunden später das Gym verließ, fühlte sie sich relax. Der Körper war angenehm schwer. Die Wunde am Arm hatte sich irgendwann geöffnet, aber es war ihr egal gewesen. Die Bayern hatten sie gut vermöbelt. Der Ältere hatte Tricks draufgehabt, die sie nicht gekannt hatte. Das Eis war schnell gebrochen gewesen, weil Lozen seit ihrer Militärzeit fließend Deutsch sprach. Die beiden hatten sich für die Butterflyfights interessiert, von denen sie noch nie gehört hatten, und sie hatte ihnen erklärt, was Sache war. Die Bayern hatte es beeindruckt, dass es keine Runden gab, sondern dann vorbei war, wenn einer nicht mehr kämpfen konnte.

Lozen ging mit Warchoi gemächlich zur Metro-Station und fuhr in einem fast leeren Zug zurück nach Takoma. Während der Fahrt klingelte ihr Smartphone. Sie kannte die Nummer nicht, aber ging trotzdem dran. Im schlimmsten Fall wollte ihr jemand eine Versicherung aufschwatzen.

„Ja?"

„Jodie Miwa."

„Miwa. Was willst du?"

„Du hast mich bei der Ankunft am Flughafen einfach ignoriert."

„Ich habe einen Satz zu dir gesagt. Da kann man nicht von ignorieren sprechen."

Die Agentin hatte am Dulles International Airport gewartet, Lozen ihr gesagt, dass sie Debriefing und Übergabe nur mit Harvey Farossi machen würde, und war ohne ein weiteres Wort zur Silver Line gegangen.

„Was ist mit meinem Bruder passiert?"

„Hat es dir Harv nicht gesagt?"

„Ich habe Mr. Farossi nicht gefragt."

Die Metro hielt in Fort Totten. Lozen und Warchoi stiegen aus dem Zug.

„Wo bist du, Freeman?"

„Metro. Steige gerade um."

„Hm."

Lozen und Warchoi gingen zur Red Line.

„Du weißt vom Kampfstoff?"

„Yeah. Natürlich."

„Er hat die die Fabrikangestellten in Killermaschinen verwandelt. Die sind über uns hergefallen."

„Hast du ihn sterben sehen, Freeman?"

„Ja."

„Hm."

„Die Schläfer waren fies."

„Schläfer?"

„Angreifer."

Lozen und Warchoi erreichten die Plattform der Red Line.

„Möchtest du sonst noch etwas wissen, Miwa?"

„Mein Bruder war ein dekorierter Navy Seal. Wie kann es sein, dass er tot ist und eine Drifterin wie du überlebt hat?"

„Du stellst immer dieselbe Frage."

Lozen beendete das Gespräch und atmete durch. Hoffentlich habe ich mit der in Zukunft nichts zu tun, dachte sie.

Die Metro nach Glenmont fuhr ein und sie und Warchoi stiegen ein. Es gab nur wenige Fahrgäste. Ein dicker, betrunkener Kerl versuchte sich an einem Countrysong, sang, dass er gerne der Whiskey wäre, der ihren Schmerz lindere. Nette Songzeile, dachte sie und schrieb Lionel und Johnnie To, dass sie gleich zu Hause wäre.

11.

„O Mann, wir hätten nicht so lange schauen sollen",
sagte Lionel.

„Es war die neuste Staffel Star City", sagte Lozen.

„Da gab es keine Wahl", sagte Johnnie To.

Sie saßen mit Warchoi müde in einem Café, nur eine
Viertelstunde entfernt von ihrem Haus, das Takoma
Company hieß, von zwei weit gereisten Cousinen
betrieben wurde und in dem Gäste Tee, Kaffee, aber
auch Craftbier und Weine aus aller Welt trinken konnten. Die drei mochten diesen Ort, von dem man auf
den Platz sehen konnte, auf dem sonntags der Takoma
Park Farmers Market stattfand. Lozen und Johnnie To
besuchten ihn oft, denn er bot die frischesten lokalen
saisonalen Produkte wie Brot, Fleisch aus Weidehal-
tung, handwerklich hergestellten Käse, Eier, Backwaren und Bier von Farmen aus einem Umkreis von 125
Meilen an.

„War schon fast unheimlich, dass Warchoi immer
geheult hat, wenn Toburak aufgetaucht ist", sagte
Johnnie To.

„Yeah", sagte Lozen.

Ihr Smartphone gab ein Geräusch von sich. Eine Nachricht. Sie schaute nach. Sie kam von Harvey Farossi. Es war ein Link von „The Guard", einer Tageszeitung in Nigeria. Lozen öffnete ihn. „Chemieunfall fordert hunderteins Tote" lautete die Schlagzeile. Sie überflog den Artikel. Keine Erwähnung von den toten Söldnern.

„Was ist los?", fragte Lionel.

Sie zeigte ihm die Schlagzeile.

„Dein Einsatz?"

„Yeah."

Eine zweite Nachricht von Harvey Farossi ging ein. Er bestellte sie für den kommenden Tag in eine Filiale der Kaffeehauskette BeBes, die BiBi ausgesprochen wurde. Er sagte nicht warum, aber sein Ton klang bestimmend.

„Sorry, Jungs, ich muss kurz telefonieren."

Sie ging vor die Tür und rief Joko Uwais an.

„Hey, hier Lozen."

„Hey."

„Hast du was Neues?"

„Yeah. Ich glaube, ich weiß, wer die Codierung gemacht hat."

„Warum hast du mich nicht angerufen?"

„Ich wollte sicher sein."

Lozen gefiel die Antwort nicht.

„Komm zu mir."

„Heute?"

„Yeah. Muss sein."

Fürs Treffen mit Harvey Farossi wollte sie so viel wissen wie möglich.

„Geht es nicht am Telefon?"

„Ich will die Dinge so analog wie möglich halten."

Dabei dachte sie an Harvey Farossi und das FBI.

„Okay. Du bist der Boss."

Sie nannte ihm die Adresse, beendete das Gespräch und ging zurück ins Takoma Company.

„Männer, am Nachmittag müsst ihr euch benehmen. Wir bekommen Besuch."

„Sieht er gut aus?", fragte Johnnie To.

„Finde schon. Der muss nicht auf BubbleBub."

„Wirklich?", fragte Lionel.

„Kein Grund, sich aufzuregen."

„Wer regt sich auf?"

„Wir sind wahrscheinlich sowieso nicht da, weil wir noch einkaufen müssen", sagte Johnnie To.

12.

„Sie ist deine Postbotin", sagte Joko Uwais, der im Wohnzimmer saß und ein Laptop Marke Eigenbau mit vielen Aufklebern vor sich stehen hatte, auf dessen Bildschirm das Gesicht einer jungen Chinesin mit Rollzöpfen und grünen Strähnen zu sehen war.

„Nennt sich Ageng. Hat in D.C. gearbeitet. War bis vor ein paar Jahren gut dabei."

„War?"

„Wurde erwischt, landete für knapp zwei Jahre im Knast. Danach hat sie nicht mehr so richtig Fuß fassen können."

„Wieso?"

„Persönliche Geschichten. Andere Schwerpunkte. Schau dir ihre Social-Media-Accounts an."

„Okay, mach ich. Kennst du sie?"

„Flüchtig. Wie gesagt, sie war eine Größe in D.C."

„Wie hast du sie identifiziert?"

„Sie hat eine Signatur hinterlassen."

Sie sah ihn fragend an.

„Manche Postboten hinterlassen eine Signatur in den codierten Computerdateien, die man erkennen kann, ohne den Schlüssel zu besitzen."

„Wozu?"

„Damit Leute aus der Hackerszene wissen, wer hinter dem Code steckt."

„Eitelkeit war schon immer ein Fehler."

Sie schaute noch mal auf das Foto von Ageng.

„Wie ist sie nach Nigeria gekommen? Ein Job als Postbotin?"

„Laut der Unterlagen, die ich mir besorgen konnte, hatte sie einen regulären Job als IT-Expertin. Ganz normale Nummer. Gab eine freie Stelle, sie hat sich beworben."

„Verstehe ich nicht."

„Ich auch nicht."

„Wie hat sie von der Stelle in Nigeria erfahren?"

„Die Anzeige war auch auf WooHung, wo Ageng einen Account hat."

WooHung war das chinesische Pendant zu BeCuul und LukOut, dem derzeit angesagtesten Social-Media-Kanal.

„Weißt du, wo sie sich aufhält?"

„War wieder in der Stadt."

„War?"

„Da gibt es ein Problem."

Sie sah ihn fragend an.

„Sie ist vor zwei Tagen verschwunden."

Er rief den Post einer obskuren Website mit Namen StrangeDC auf und zeigte ihr den Text: „Frau von Außerirdischen entführt?"

„Aliens? Wow."

„Es gab ein Video auf BeCuul, das viele gesehen haben."

„Aliens zu jagen, das ist mal was Neues."

„Du solltest dich bei den Graysons umhören."

Sie sah ihn fragend an.

„Menschen im Internet, die meinen, sie könnten Verbrechen lösen."

„Spinner also."

„Nicht immer. Es gibt mehrere Gruppen, aber die Graysons sind die erfolgreichste und größte."

„Hm."

Lozen stand auf.

„Ein Glas Wein?"

„Gerne."

Sie ging in die Küchenzeile, holte eine Weißweinflasche aus dem Kühlschrank, zwei Gläser aus dem Schrank und dachte nach. Die ehemalige Postbotin arbeitete nicht für China, sonst wäre der smarte Geheimagent nicht aufgetaucht. Sie stellte Gläser und Flasche auf den Tisch und rieb sich die linke Hand. War es vielleicht ganz einfach? Eine ehemalige Kriminelle kriegt einen IT-Job in einer Fabrik in Afrika und verschlüsselt die Daten in der Art, wie sie es von früher gewohnt ist. Das wars, mehr nicht. Allerdings sprach das Verschwinden aus dem Hotel dagegen.

„Gibt es sonst noch etwas, was ich über sie wissen müsste?", fragte sie, als sie die Weingläser füllte.

„Nicht viel."

„Details zur Postbotin?"

„Laut eigenen Angaben auf LukOut wurde sie in Beijing geboren. Beide Eltern starben bei einem Autounfall, als sie sechzehn war. Ausbildung in den USA und China, im Jahr vor ihrer Verhaftung wurde sie US-Bürgerin. Ich schick dir die Links zu ihren Social-Media-Accounts."

„Thanx. Was ist deine Meinung zu dieser Sache?"

„Alles sehr nebulös."

13.

Nachdem Joko Uwais gegangen war, setzte Lozen sich an die Küchentheke und fuhr das Laptop hoch. Ageng war auf LukOut und WooHung, aber nicht auf BeCuul. Lozen begann beim chinesischen Social-Media-Kanal, der unter ihrem Klarnamen lief, fand belanglose Bilder und Videos einer jungen, attraktiven Frau beim Gamen, beim Shoppen, im Hotel, in knappen Bikinis, beim Partymachen in irgendwelchen Clubs. Sie hatte eine angenehme Stimme, die tiefer wurde, wenn sie Englisch sprach. Die Posting-Texte konnte Lozen nicht lesen, weil es chinesische Schriftzeichen waren und WooHung keine Übersetzungsfunktion anbot. Sie dachte nach. Den Einzigen, den sie kannte, der Chinesisch konnte, war ein Krimineller namens Chen.

Sie schaute, wann der letzte Post gemacht worden war: zwei Tage vorm Verschwinden. Ihr Telefon piepste. Sie sah auf die Nachricht. Sie kam vom Chef-türsteher des Mountain Valley, er nannte sich

Nakamura, der fragte, ob sie am Abend einspringen könne, weil sein Partner Jon wegen eines Krankheitsfalls in der Familie ausfiel. „Nur diesen Abend?", schrieb sie zurück. „Yeah", war die kurze Antwort. Die Wochenendpartys des Mountain Valley waren legendär und dauerten von Mitternacht am Freitag bis Montagmittag. Ich könnte das Geld brauchen, dachte sie. Die Haustür wurde geöffnet und Johnnie To und Lionel kamen mit den Einkäufen herein.

„Der Besuch schon weg?", fragte Johnnie To.

„Yeah."

„Willst du das Filmprogramm für heute Abend aussuchen."

„Müsst ihr selber machen. Ich arbeite heute Abend im Mountain Valley und muss noch was recherchieren."

Sie schrieb Nakamura, dass sie kommen würde. Sie bekam ein Daumen-hoch-Emoji zurück.

Während Lionel und Johnnie To die Einkäufe einräumten, ging Lozen auf den LukOut-Account von Ageng. Der Benutzername lautete „GrünerMond". Wer einen oberflächlichen Social-Media-Check der Postbotin machte, würde nicht auf den Account stoßen. Der letzte Post war am Tag ihres Verschwindens gemacht worden. Es gab keine Bilder im Bikini oder an Bars. Bei den aktuellsten Posts wurde kein Ort angegeben. Ageng hatte vermutlich die Ortserkennung ausgestellt. Die Fotos in den Tagen vor dem Verschwinden zeigten keine erkennbaren Menschen oder Orte, stattdessen Nahaufnahmen der verschiedensten Dinge. Ein Neonzeichen in Form eines Zahns, Star-Wars-Spielfiguren, Bierflaschen, Hundescheiße und ein kunstvoll zusammengestellter Blumenstrauß. Lozen scrollte zu älteren Posts, stieß auf Fotos aus Afrika, die Ageng im Großraumbüro der Fabrik, in einer Art Bar und vor einer Wellblechhütte im Dorf zeigten. Die Ortserkennung war angeschaltet. Lozen schaute weiter. Vor Afrika präsentierte sich die Frau als Aktivistin, die mit versteckter Kamera Typen bloßstellte, die Frauen belästigten. Die ehemalige Postbotin schleuste sich in Firmen ein, nachdem jemand von Übergriffen berichtet hatte. Sie war hauptsächlich in den USA, aber auch einmal in Japan aktiv gewesen. Hatte Ageng deshalb in der Fabrik gearbeitet? Undercover, um einen Belästiger bloßzustellen? Sie schaute, wie lange es den LukOut-Account gab. Er war erst nach der Entlassung eröffnet worden.

Lozen gefiel die Ageng, die sie auf LukOut vorfand. Aber was hatte eine Kriminelle zur Aktivistin gemacht? Sie ging auf der LukOut-Timeline weiter zurück. Die ersten Videos waren weit weniger aufwendig, einfach heimlich aufgezeichnete Vorstellungsgespräche in D.C. und den umliegenden Bundesstaaten, in denen Chefs eine Anstellung gegen sexuelle Gefälligkeiten garantierten. Sie scrollte weiter zurück und fand den Grund. Ageng hatte einen Artikel gepostet, in dem es um eine Vergewaltigung einer Frau durch einen Kollegen ging. Es gab keinen Begleittext oder Hashtags dazu. Aber im Artikel gab es ein Bild des Opfers. Es kam Lozen bekannt vor. Sie ging zurück auf WooHung und entdeckte Aufnahmen von Ageng und der Vergewaltigten in Clubs und Bars. Sie war also eine Freundin der Postbotin gewesen. Lozen holte sich ein Wasser und schaute sich zum Abschluss Agengs LukOut-Reels an. Die mit Musik unterlegten Videos zeigten, wie sie Graffitis sprayte. Das Motiv war immer der grüne Mond.

14.

Lozen setzte sich an die Theke.

„Was machst du?", fragte Lionel, der mit Johnnie To kochte.

„Die Seite der Graysons checken."

„Diese Möchtegerndetektive im Netz?", fragte Lionel.

„Yeah."

„Spinner."

„Meine Meinung."

„Ich finde die lustig", sagte Johnnie To.

„Graysons – the Detectives of the Internet" war eine konfuse, unübersichtliche Website mit zwei Ebenen, „Home" und „Foren", wobei Lozen der Unterschied nicht klar wurde. Sie wurde auf ein tägliches virtuelles Treffen hingewiesen, bei dem über aktuelle Fälle gesprochen wurde. Um daran aktiv teilzunehmen, musste man Mitglied werden und einen Account anlegen.

„Und, wie findest du die Seite?", fragte Johnnie To.

„Unübersichtlich."

„Kannst du eigentlich mit uns essen?", fragte Lionel.

„Das schaffe ich. Was gibts?"

„Sauer-scharfes Gemüse und Reisnudeln aus dem Wok."

„Klingt gut."

Lozen arbeitete sich durch die Seite. News des Tages: eine Anklage gegen einen ehemaligen Kinderstar, mittlerweile in den Mittdreißigern, der einer Fünfzehnjährigen Mails mit eindeutigen Absichten geschickt hatte. Lozen brauchte nicht lange, um die Chats über Agengs Verschwinden zu finden. Es war der Fall, der am aktivsten diskutiert wurde. Sie entdeckte den Auslöser, den Joko Uwais erwähnt hatte: ein Überwachungsvideo aus dem Hotelfahrstuhl, drei Minuten dreiundzwanzig lang, schwarz-weiß, unscharf. Ageng in einem Trainingsanzug betrat den Fahrstuhl, ging wieder raus, kam wieder rein, ging wieder raus. Das machte sie sieben Mal in sechzig Sekunden. Dann fuhr sie in den Keller und stieg aus. Der Fahrstuhl fuhr wieder nach oben, wo ein alter Mann mit einem hässlichen kleinen Hund im dritten Stock in den Fahrstuhl stieg. Das Video ging dann bis zum Ende in den Schnellvorlauf. Laut dem fortlaufenden Timecode vergingen sechs Stunden. Verschiedene

Leute nahmen den Fahrstuhl, aber Ageng tauchte nicht auf. Das gab Rätsel auf, weil es laut Journalisten und ermittelnden Polizisten in den TV-Nachrichten keinen anderen Weg aus dem Keller gab als den Fahrstuhl. Das fand Lozen seltsam, weil normalerweise jedes Haus ein Treppenhaus besaß.

Sie stieß im Internet auf verschiedene Versionen des Videos. Das mit den meisten Klicks war mit Spannungsmusik unterlegt, die den Aufnahmen etwas Horrorfilmmäßiges gab. Sie zeigte es Johnnie To und Lionel.

„Weird", sagte Lionel.

„Was schlussfolgern die Graysons?", fragte Johnnie To.

„Viel Unsinn. Spekulationen über Geister, die die Zeit wiederholen können, über parallele Welten, zwischen denen eine Verbindung existiere, und dass die Vermisste sich auf einer alternativen Version der Erde befände."

„Hört sich an wie ein Superheldenfilm."

Lozen schaute sich das Originalvideo erneut an und fragte sich, ob die Postbotin ein Drogenproblem hatte, worüber auch die Graysons diskutierten, die sich nicht für Geister und Alternativwelten interessierten. Es war die naheliegendste Antwort für das seltsame Verhalten und das Verschwinden, wenn man das Rätsel mit dem Keller außer Acht ließ. Die ehemalige Postbotin hatte einfach zu viel von irgendetwas genommen und war durchgedreht. Vielleicht trieb sie tot im Anacostia River, vielleicht dröhnte sie sich in einer anderen Absteige zu.

Lozen dachte über andere Möglichkeiten nach. Hatte jemand sie unter Drogen gesetzt und entführt? Wegen des Kampfstoffes? Wer weiß, dachte sie, rief Joko Uwais an und fragte ihn, ob er versucht habe herauszufinden, wer das Video ursprünglich veröffentlicht hatte. Er erklärte, es wäre ungewöhnlicherweise zeitgleich mehrfach gepostet worden und der Absender nicht zu ermitteln.

„Was wirst du jetzt machen?", fragte Lionel, als sie das Gespräch beendet hatte.

„Mitglied bei den Graysons werden."

„Wie wirst du dich nennen?", fragte Johnnie To.

„Mach einen Vorschlag."

„Punchforever", sagte er nach kurzem Nachdenken.

„The Punch" war ein populäres Comic über eine lesbische indigene Superdetektivin, das er gerne las und deren Autorin zum Kreativteam von Star City gehörte.

„Guter Name."

15.

„Ich will dein Hund sein", erklärte der Sänger. Wenn sich Lozen nicht irrte, gehörte der Song zum Soundtrack eines Films, in dem eine Frau mit schwarz-weißen Haaren im London der 1970er Modemacherin werden wollte. Sie saß im BeBes, hörte Musik über Kopfhörer und wartete auf Harvey Farossi. Wegen der durchgearbeiteten Nacht war sie müde. Es war wild gewesen. Eine Schlägerei am Eingang, später mussten sie den Notarzt rufen, weil ein Typ zu viel von was auch immer eingeworfen hatte und auf dem Klo zusammengebrochen war. Der Drogenkonsum im Mountain Valley war legendär.

Lozen nippte am Kaffee. Die Klimaanlage sorgte für eine angenehme Temperatur. Die Wände bestanden aus grauem Stein, Theke und Verkaufsregale aus dunklem Holz. Es gab eine Verkaufsfläche, wo die Kunden verschiedene Kaffeesorten in stahlgrauer Verpackung mit weißer Schrift, T-Shirts und Tanktops mit dem BeBes-Logo kaufen konnten. Die Musik, die lief, war klassischer amerikanischer Rock. An den Wänden hingen Geweihe. BeBe war das Kürzel für Berettas Beans. Ein Kriegsveteran namens Saul Beretta hatte die Kette mit anderen Ex-Soldaten gegründet, weshalb republikanische Politiker und ihre Anhänger die Kette mochten. Lozen kannte Saul Beretta. Er hatte eine Spezialeinheit geleitet, Killer, die hinter den feindlichen Linien eingesetzt wurden, um Warlords und Terroristen auszuschalten und Geiseln zu befreien.

Harvey Farossi betrat das BeBes, nickte ihr zu, humpelte zur Theke und bestellte beim bärtigen Barista Kaffee. Wie in allen Filialen sah die Kasse nach frühem zwanzigsten Jahrhundert aus, bestand aus rostig aussehendem Metall, auf dem verblassende Stars and Stripes zu sehen waren. Der Kaffee kam schnell und Harvey Farossi setzte sich zu ihr an den runden Tisch aus grobem, dunklem Holz, der etwas abseits in einer Ecke stand.

„Warum in einem BeBes, Harv? Ein Republikaner-Treffpunkt. Dein Präsident ist Demokrat."

„Kaffee und Atmosphäre sind super."

„Geschmackssache."

Ein neuer Song begann. Folkig. Ruhig. Eine Sängerin erklärte, dass da ein Geist wäre.

„Die Musik ist auch gut", sagte Harvey Farossi.

„Du stehst auf Geister."

„Nur in deinem Fall."

„Also?", fragte sie.

Sie sah ihm in die Augen. Die Pupillen waren erweitert. Er hatte was eingeworfen, aber das war bei ihm normal. Meistens war es ein Schmerzmittel, wegen dem Bein.

„Die Afrika-Sache ist noch nicht vorbei."

Er schaute sie erwartungsvoll an, bekam aber keine Reaktion von ihr.

„Was, wenn ich keinen Bock habe?"

„Müssen wir noch mal über Maka Prison sprechen?"

Sie antwortete nicht. Er schwieg und trank Kaffee.

„Wozu brauchst du mich, Harv? Du hast Miwa, du kannst auf jede Strafverfolgungsbehörde des Landes zurückgreifen."

„Mit dir verbessere ich die Chancen."

„Heißt: Wenn es schiefgeht, kannst du mich als Schuldige vorschieben."

„Wie kannst du so schlecht von mir denken?"

„Was heißt schlecht. Du machst deinen Job."

„Hm."

„Was, wenn ich scheitere?"

„Seit wann so pessimistisch?"

„Harv."

„Wenn du scheiterst, bist du unter Umständen tot, und wenn nicht, lasse ich Dee Freeman friedlich ihrer Wege gehen."

„Was, wenn ich erfolgreich bin?"

„Im Erfolgsfall könnte ich Lozen Graham auferstehen lassen."

Sie sah ihn skeptisch an.

„Ich kann dir das nicht schriftlich geben."

„Hm."

„Du wirst bezahlt. Ich richte dir ein Konto ein."

„Du willst nicht wissen, wie viel?"

„Du verlangst immer zu viel."

„800 pro Tag, ein Spesenkonto von 30.000. Was übrig bleibt, gehört mir."

Er nickte.

„Wenn du dein Versprechen nicht hältst, bringe ich dich um, Harv."

„Würdest du das übers Herz bringen?"

„Absolut. Und du weißt es."

Sie hatte für ihn Terroristen gejagt und eliminiert.

„Erinnerst du dich nicht mehr an unsere gemeinsame Nacht?", fragte er.

Sie hatten sich vor Ewigkeiten fürchterlich betrunken und waren im Bett gelandet, was Lozen bis heute bereute.

„Ich habe mich schon währenddessen nicht mehr erinnert."

Er schaute sie belustigt an.

„Also gut, bringen wir es hinter uns", sagte sie, „erklär mir, was Sache ist. Bitte so viel Wahrheit und Fakten wie möglich."

„Wahrheit und Fakten? Hey, wir leben im 21. Jahrhundert."

„Leg einfach los."

„Die Anlage in Nigeria wurde von einem Chen Liu geleitet. Er soll den Kampfstoff produziert haben und wollte ihn offenbar verkaufen. Ist aber nicht vom Geheimdienst verifiziert. Der Hinweis kam von Len Chang."

„Du hast ‚wurde geleitet' gesagt. Ist dieser Liu tot?"

„Vom eigenen Kampfstoff getötet. Ich hab dir den Artikel geschickt: Alle in der Anlage sind gestorben."

„Was weißt du über Liu?"

„Nicht viel. War seit vier Jahren in Nigeria. Vergangenes Jahr gab es einen Skandal, weil eine nigerianische und eine chinesische Angestellte ihm sexuelle Belästigung vorgeworfen haben und das in die Presse kam. Aber Peking hat ihn nicht abgezogen."

Jetzt war immerhin klar, warum Ageng den Job in der Fabrik gemacht hatte, dachte Lozen. Und die Art der Codierung hatte sie wahrscheinlich wirklich aus Gewohnheit gewählt. Harvey Farossi wusste das wahrscheinlich. So viel zu Wahrheit und Fakten.

„Die kommunistische Partei besteht nicht aus Feministen", sagte sie. „Die geben ihren Astronautinnen Make-up mit in den Weltraum."

„Das habe ich auch irgendwo gelesen."

„Was willst du, Harv?"

„Auf der Festplatte war die Formel des Kampfstoffes."

„Und?"

„Die IT-Frau der Anlage in Nigeria hat sie verschlüsselt. Ich will sie und den Code."

Er hatte also auch Zugriff auf die Personalunterlagen gehabt.

„Konnte Miwa sie nicht finden?"

„Die IT-Frau ist verschwunden. Mysteriöse Sache. Hat eine Vorstrafe. Findest du in den Unterlagen, die ich dir zumailen lasse."

„Seit wann ist sie wieder in den USA?"

„Sie ist einen Tag vor dir zurückgekommen."

„Hm. Was willst du mit dem Kampfstoff?", fragte sie.

„Vernichten."

„Sicher? Die Wirkung ist praktisch. Man vergiftet eine Kaserne oder einen Stadtteil und hat auf einmal Gestalten, die jeden umbringen wollen. Perfekt, um ein gegnerisches Land zu schwächen. Und wenn die Schläfer tot sind, marschiert man rein."

„Kampfstoffe sind illegal. Das weißt du."

„Kommen wir zum Anfang unseres Gesprächs zurück."

„Du meinst, zur Frage, ob du eine Wahl hast?"

„Nein, zu der Sache mit der Wahrheit und den Fakten."

„Ich habe dir nichts weiter zu sagen. Du hast deinen Auftrag. Leg los. Mach mich glücklich."

Sie zeigte ihm den Mittelfinger, stand auf und ging.

16.

„Fertig", sagte Lionel, der auf der Veranda neben Lozen stand, die auf einer Liege lag. Es war später Vormittag. Er hatte ihr einen bedrohlichen Rakken auf den linken Oberschenkel gestochen. Lozen glitt vom Tisch und ging zu Warchoi, der vor einem der Bäume im Garten lag, und kniete sich hin, damit er ihren Oberschenkel sehen konnte.

„Was denkst du?", fragte sie den Rakken.

„Wirklich? Du fragst das Tier?"

Warchoi richtete sich auf und beschnupperte das neue Tattoo. Als er fertig war, gab er ein leises Jaulen von sich.

„Es gefällt ihm."

„Da bin ich aber froh."

Sie ging zu Lionel auf die Veranda und gab ihm einen Kuss auf den Mund.

„Mir gefällt es auch."

„Schön."

Sie küssten sich erneut.

„Wann musst du los?", fragte er.

„In zwei Stunden", sagte sie und fügte hinzu: „Johnnie ist nicht da."

„Das ist gut."

Nachdem Lionel das frische Tattoo mit Frischhaltefolie umwickelt hatte, gingen sie ins Haus.

„Alles gut bei dir?", fragte er.

„Ja, wieso?"

„Gibt es bald wieder neue Narben?"

„Wie kommst du drauf?"

„Kann ich nicht genau sagen, aber jedes Mal, wenn du losziehst, wirkst du irgendwie abweisend."

„Abweisend? Wir gehen gerade ins Schlafzimmer."

„Das ist nicht das, was ich meine."

„Was dann?"

„Ich kann es nicht besser beschreiben."

17.

Lozen nahm den Rucksack vom Sitz und stieg aus dem Bus, in dem es wegen einer nicht funktionierenden Aircondition heiß gewesen war, und atmete durch, auch wenn die Nachtluft nicht viel kühler war. Sie trug ein schwarzes Tanktop, eine schwarze Trainingshose und schwarze Turnschuhe. Sie schaute sich um. Eine menschenleere Gegend voller Lagerhallen. Niemand stand an der Bushaltestelle gegenüber. Sie nahm eine Flasche Wasser aus dem Rucksack und trank einen Schluck. Anschließend ging sie gemächlich die Straße hinunter und erreichte nach einer halben Stunde einen Parkplatz, auf dem eine Gruppe Jugendlicher Party machte, überquerte ihn, ging einen Pfad entlang, der durch eine Gruppe Bäume führte, zum Potomac River, dem sie stadtauswärts folgte. Nach knapp zwanzig Minuten sah sie ein beleuchtetes Gelände. Im schwarzen Oktagon prügelten sich zwei junge Typen. Drum herum saß auf Klappstühlen und auf dem Boden das Publikum. Scheinwerfer beleuchteten den Kampfring. Vor zwei Ständen, an denen die

Besucher Drinks und Burger kaufen konnten, gab es Schlangen. Ein Hip-Hop-Song aus den 1990ern wurde gespielt. „Besser pass auf, was du sagst, wenn du über mich redest, denn sonst komme ich vorbei und lösche dich aus", erklärte der Rapper.

Am Oktagon stand ein glatzköpfiger Kerl mit schweißglänzendem Gesicht, der um die Hüften schwammig wurde. Sie ging zu ihm.

„Wie läufts, Gene?"

„Hey, Dee. Alles gut."

Lozen schaute in den Ring. Die Kämpfer waren müde. Sie schlugen selten, und wenn, kraftlos.

„Wer ist meiner?", fragte sie.

Gene Montclare zeigte auf einen übergewichtigen Kerl mit Glatze und Vollbart, der auf der anderen Seite des Oktagons stand und glänzende rot-blaue Thai-Box-Shorts mit Schlangenkopfmotiv trug. Sein rechtes Knie war bandagiert. Wie alle Kämpfer und Kämpferinnen der Butterflyfights trug er fingerlose MMA-Handschuhe, mit denen gegriffen werden konnte.

„Hamsa, kommt aus Tadschikistan. Achtundvierzig, gut hundertsechzig Pfund. MMA-Erfahrung."

Die Qualität der Teilnehmenden war unterschiedlich. Geschlechtertrennung gab es offiziell nicht, aber nur wenige Frauen traten gegen Männer an. Lozen hatte Lust zu kämpfen. Der massige Hamsa sah aus, als lägen seine besten Tage hinter ihm, aber sein Gewicht gab ihm einen enormen Vorteil. Sie mochte diese Fights. Sie fokussierten sie, zwangen sie, nicht zu viele Flaschen Weißwein mit Johnnie To zu vernichten.

„Er ist unter den Top Ten", sagte Gene Montclare.

„Wann bin ich dran?", fragte sie.

„Übernächster Kampf."

„Okay."

„Wie immer?"

„Yeah."

Sie kramte zweihundert Dollar aus der Hosentasche und gab sie ihm. Sie setzte stets auf sich selbst. Immer in bar. Für jeden Sieg gab es drei Punkte und nach drei Monaten kämpften die Teilnehmer und Teilnehmerinnen mit den meisten Punkten um den Titel und achttausend Dollar. Die Zuschauer konnten Wetten abschließen, was in D.C. legal wäre.

„Bis später."

„Bis später."

Sie nahm den Rucksack ab, zog Turnschuhe und Trainingshose aus, unter der sie schwarze Thai-Box-Shorts trug. Sie holte schwarze Bandagen heraus und begann sie um ihre Hände zu wickeln. Sie freute sich auf die Bewegung, weil sie die zweite Hälfte des Tages am Computer bei den Graysons verbracht hatte.

Drei engagierten sich beim Fall der Postbotin regelmäßig. Zwei lebten in der Umgebung von D.C., einer in Upstate New York. Der hieß Greg Arbona. Er argumentierte vernünftig, war ergebnisoffen und hatte tatsächlich im Hotel, in dem Ageng gewohnt hatte, gefilmt. Dafür war er extra an einem Wochenende nach D.C. gefahren. Die Videos hatte er auf der Website veröffentlicht: lange, dunkle Flure mit vielen Türen, ausgelegt mit jagdgrünem Linoleumboden. Das Hotel sah nach einer miesen Absteige aus. Ein Video zeigte, dass es neben dem Fahrstuhl eine Tür gab, die ins Treppenhaus führte, das mit Stühlen, Tischen,

Elektroschrott, Kisten und Säcken zugestellt war. Das erklärte, warum man ausschließlich mit dem Fahrstuhl in und aus dem Keller gelangte, in dem Greg Arbona auch gefilmt hatte. Dunkle Aufnahmen, weil es kein Licht gab und die Taschenlampe, die er dabeihatte, nicht hell genug war. Alte, feuchte Steinwände waren zu erkennen. Es gab einen Heizungskeller, einen Waschkeller und Lagerräume voll mit Kisten und Gerümpel. Das kurzweiligste Video zeigte einen bärtigen Typen in einem bunten, viel zu großen Hoodie an der Rezeption, der erfolgreich in der Nase popelte und die Fragen des Grayson ignorierte.

Lozen hatte Greg Arbonas Social-Media-Accounts auf LukOut und BeCuul gecheckt. Er war ein alleinstehender Durchschnittstyp mit Kurzhaarfrisur, der auf Selfies T-Shirt und Jeans trug und mit den immer gleichen Typen Bier trinken ging, Westernfilme mochte, die Republikaner wählte und eine BeBes-Filiale leitete.

Alison Prandi war eine ganze andere Nummer. Eine Frau, die auf ihrem LukOut-Account sich, zwei Kinder, ihren dicklichen Ehemann und ihre übergewichtige Schwester präsentierte und ein unerfülltes Leben in einer Kleinstadt führte. Sie glaubte an einen bösen Geist, der Ageng aus dem Keller in seine Unterwelt gezogen hatte, womit sie den fehlenden Ausgang und das seltsame Verhalten im Fahrstuhl erklärte.

Lozen hörte einen Schrei. Der Kampf im Oktagon war vorbei. Einer der Typen lag am Boden und der Sieger war zu erschöpft, um sich zu freuen. Sie bemerkte, dass Hamsa zu ihr schaute. Sie ignorierte den Blick und bandagierte weiter ihre Hände. Zwei Kleiderschränke in Schwarz trugen den Verlierer aus dem Oktagon, vorbei an den Kämpfern für den nächsten Fight. Das Smartphone in der Hosentasche vibrierte. Eine Pushmail von den Graysons über irgendeinen vermissten Typ, der sie nicht interessierte.

Der dritte Hobbyermittler im Fall Ageng hieß Jack Heck und reparierte Waschmaschinen. Er hatte lange Haare und Vollbart, ähnlich wie der Typ in Hagerstown. Sonntags ging er in die Kirche, was er auf BeCuul dokumentierte. Er hatte eine Stammkneipe in

Baltimore, die er mit einem Buddy besuchte, den er in den Postingtexten Chip und manchmal Spicer nannte und der unter dem Namen StillRage im Cyberspace unterwegs war. Außerdem gab es Bilder von seiner rothaarigen Schwester, die T-Shirts mit Südstaatenflagge und Baseballkäppis von BeBes trug und, das war eine kleine Überraschung, an den Butterflyfights teilnahm. Jack Heck schien Ergebnisoffen wie Greg Arbona.

„Hey, Dee."

„Was?"

Es war Gene Montclare.

„Du bist dran."

Sie schaute in den Ring. Einer der Typen lag am Boden, der zweite hüpfte glücklich durch den Ring. Das war schnell gegangen. Sie zog die Handschuhe über und ging in das Oktagon, in dem Hamsa bereits wartete.

„Kleine Frau, dass du weißt, ich nehme keine Rücksicht", sagte er zur Begrüßung mit starkem Akzent.

„Da bin ich aber froh, Kleiner."

Er sah sie irritiert an. Der Ringrichter, ein riesiger Afroamerikaner mit einem in zwei Zöpfe geteilten Vollbart, der gleichzeitig als Ringsprecher fungierte, begann die Kämpfenden vorzustellen. Hamsa besaß den Kampfnamen „Tadschiken-Gladiator", sie „Killer Girl". Kein origineller Name, aber Lozen hatte sich im Lauf der letzten Wochen an ihn gewöhnt.

Der Ringrichter gab den Kampf frei. Lozen konnte Hamsa schnell entschlüsseln. Er war im Herzen ein Ringer und suchte den Take-down, um sie am Boden mit Ground and Pound zur Strecke zu bringen, weshalb er seine größere Reichweite nicht ausnutzte. Lozen blieb auf Distanz, verließ sich darauf, dass sie schneller war, und arbeitete mit Jabs und Kicks. Sie verpasste ihm bei jeder Gelegenheit einen Tritt aufs bandagierte Knie, um ihn langsamer zu machen. Er wurde zunehmend ungeduldiger. Lozen spürte die Hitze, sah, dass auch ihr Gegner die Temperatur fühlte, denn er schwitzte aus jeder Pore.

Er warf sie gegen den Käfig. Sie wich einem Haken aus, doch der folgende Schlag in den Bauch traf sie mit voller Wucht. Sie ging in die Knie, rang nach Luft. Das war das Problem mit schwereren Gegnern: Ein Treffer und es konnte vorbei sein. Er trat nach ihrem Kopf, aber sie konnte ausweichen und aufstehen. Er stürmte heran. Statt weiter zu schlagen, machte er den Fehler, sich auf sie zu werfen. Ihr gelang es, seinen Schwung aufzunehmen. Auf einmal saß sie auf seinem Brustkorb und verpasste ihm Ellbogenschläge auf den Kopf. Er stieß sie von sich runter, sie rollte zurück, sprang auf, machte einen Schritt zurück und schoss einen Kick ab, der ihn nicht traf. Lozen sah, dass Hamsa schwer atmete. Für ihn dauerte der Kampf zu lange. Wahrscheinlich dachte er, dass seine Kumpel Witze über ihn machten, weil er zu lange brauchte, um eine 50-Kilo-Frau fertigzumachen. Er schlug einen Haymaker, dem sie auswich und im Gegenzug einen Tritt gegen seinen Kopf platzierte, der ihn durchschüttelte. Sie trat ihm erneut gegen das bandagierte Knie, was ihn aus dem Gleichgewicht brachte, schlug zwei Leberhaken, von denen einer Wirkung erzielte. Hamsa musste in die Knie gehen. Sie verpasste ihm einen Roundhouse-Kick gegen das Kinn. Er ging zu Boden. Sie sprang auf ihn und begann schnell und hart in sein Gesicht zu schlagen, bis der Ringrichter sie von ihm runterzog.

„Cooler Fight", sagte Gene Montclare, als er ihr das Preisgeld und den Wettgewinn gab.

„Thanx."

„Irgendeine Präferenz für nächste Woche?"

Lozen hatte eine spontane Idee.

„Ist eine Tracy March dabei?"

So hieß die Schwester von Jack Heck.

„March? Ich schaue mal."

Gene Montclare fummelte auf seinem Smartphone rum.

„Yeah, ist dabei", sagte er nach einer Weile.

„Was weißt du über sie?"

„Aus Maryland. Ex-Navy-Seal. Dein Alter, zehn Kilo schwerer. Ein Dutzend Boxkämpfe in Mexiko. War bei der vorletzten Staffel ,Fight/Defend' dabei."

„Fight/Defend" war ein Wettbewerb von Guerreador auf einem Kabelkanal, den sich Lozen gelegentlich anschaute, moderiert von Henk Oreel, einer niederländischen MMA-Legende. In Werbespots für die Show wirkte Hollywoodstar Kevin Keener mit. Das

Besondere an Fight/Defend war die futuristisch aussehende runde Kampfgrube mit schrägen metallisch glänzenden Wänden, in der die Kämpfer und Kämpferinnen gegeneinander antraten.

„Sie war unbeliebt, weil sie schmutzig kämpft und rassistischen Scheiß raushaut, weshalb sie aus Fight/Defend geworfen wurde. Kennst du sie?"

„Nope. Wollte schon immer mal einer Navy Seal eine verpassen."

Für ihre Ermittlungen würde der Kampf nichts bringen, aber was solls, dachte Lozen. Sie löste die Bandagen, steckte sie in den Rucksack, wischte mit einem Handtuch den Schweiß von Gesicht und Armen, zog Hose und Schuhe an und ging zu einem der Büdchen, wo sie sich ein Wasser kaufte. Im Oktagon kämpften mittlerweile zwei Frauen. Sie setzte sich ins Gras, steckte die kabellosen Bluetooth-Kopfhörer ins Ohr, startete einen Song auf dem Smartphone und konzentrierte sich auf die Musik. „Unterdrückung basiert auf Lügen", rappte jemand. Cooler Song, dachte sie und nippte am Wasser.

18.

Lozen ging den Potomac entlang Richtung Stadt, bis sie zu dem Pfad kam, der durch die Baumgruppe zum Parkplatz führte, von dem sie, wie auf dem Hinweg, eine halbe Stunde bis zur Bushaltestelle brauchte. Der Bus kam zehn Minuten später und sie stieg ein. Im Inneren war es heißer als draußen.

„Sorry, die Klimaanlage ist im Arsch", sagte der Fahrer.

Die schien bei allen Busen in D.C. nicht zu funktionieren, dachte Lozen, die das Gesicht verzog. Sie setzte sich und spürte, wie sie zu schwitzen begann. Es gab eine weitere Fahrgästin, die sich mit dem übergroßen T-Shirt, das sie trug, den Schweiß von der Stirn wischte. Der Bus hielt und drei Typen setzten sich in den Bus und begannen laut über die Hitze zu schimpfen. Sie steckte sich die Kopfhörer in die Ohren, suchte auf dem Smartphone einen alten Song, von dem sie glaubte, dass er aus den 1960ern stammte und zur Temperatur passte. Der Sänger sang über den heißen Sommer in einer Stadt, über mangelnden Schatten und Menschen, die halbtot aussahen. Oldschool, aber gut, dachte sie.

Der Bus fuhr an einer Straße vorbei, in der ein Auto brannte. Maskierte zerschlugen das Schaufenster eines Supermarktes. Die Masken sahen aus, als wären sie aus Holz. Sie hatten verschiedene Formen und Farben, glichen sich wegen der großen schwarzen Augen, die den Trägern etwas Unheimliches und Monsterhaftes gab. Lozen wusste, wer diese bizarren Gestalten waren, weil sie mit ihnen schon aneinandergeraten war. Sie gehörten zur Horde, einer rechten Schlägertruppe, die vor einiger Zeit in D.C. aufgetaucht war. Seitdem war sie wiederholt in Aktion getreten, immer in einem anderen Teil der Stadt. Auf LukOut wurden regelmäßig kommentarlose Videos publiziert, die die Zerstörungswut der Horde dokumentierten. Die Aktionen eskalierten. Neben in Brand gesetzten Straßenzügen griffen die Maskenträger Politiker, Gangster, Popstars, muslimische und katholische Geistliche an.

Einige Maskierte bemerkten den Bus und liefen auf ihn zu. Der Fahrer gab Gas. „Cooler Kater sucht nach einem Kätzchen", erklärte der Sänger, er werde in jeder Ecke der Stadt suchen, bis er an einer Bushaltestelle einschlafe. Wie chauvinistisch und simpel die 1960er gewesen sein müssen, dachte Lozen.

19.

Sie zog die Schultergurte des Rucksacks zurecht und ging auf das verrottete zehnstöckige Haus zu, das in Anacostia lag, ein Viertel in Washington, D.C., östlich des Flusses, nach dem es benannt war. Es gehörte zum siebten Polizeibezirk, der sich bis zur Staatsgrenze zu Maryland zog, 7 D genannt wurde und in dem die meisten Morde in D.C. verübt wurden.

Vorm Eingang des Hotels saß eine schwitzende junge Frau in engen Hotpants und einem Tanktop, das so weit war, dass Lozen ihre Brüste sehen konnte. Sie trank Schnaps, der in einer braunen Papiertüte steckte. Auf ihrem linken Arm schwang ein Skelett die Sense. Das Tattoo war hässlich. Lionel würde darauf bestehen, dass es weggelasert wird, dachte Lozen. Die Frau nahm keine Notiz von ihr und Warchoi, als sie an ihr vorbeigingen und das Gebäude betraten. Ein Geruch, den sie nicht definieren konnte, kam ihr entgegen. Der Rakken mochte ihn nicht und gab ein angewidertes Jaulen von sich. Sie gingen durch den Eingangsbereich, dessen Wände voller Graffiti waren, wobei ihr der grüne Mond auffiel. Sie passierte die nicht besetzte Rezeption, bog nach rechts, Richtung Fahrstuhl, neben dem, wie sie aus Greg Arbonas Video wusste, die Tür ins Treppenhaus führte, die sie öffnete. Der Weg nach unten war nach wie vor mit Stühlen, Tischen, Elektroschrott, Kisten und Säcken versperrt.

Sie rief den Fahrstuhl. Seltsame Geräusche, die wie Schreie klangen, kamen aus dem Schacht, bevor die Schiebetür sich öffnete. Lozen betrat die überhitzte, nach Urin stinkende Kabine. Warchoi folgte ihr zögernd. Sie fuhren in den Keller, in dem es angenehm kühl war und nach Feuchtigkeit roch. Ein Geräusch, das sie nicht einordnen konnte, erfüllte das Gewölbe. Es hörte sich an, als würde ständig auf etwas eingeschlagen.

Sie holte eine Taschenlampe aus dem Rucksack, trat aus der Fahrstuhlkabine und schaltete sie an. Der Lichtstrahl erfasste eine Ratte, die erschreckt davonrannte und dabei Müll aufwirbelte. Langsam gingen sie vorwärts. Warchoi machte keine Anstalten, ihr zu folgen, und blieb vorm Fahrstuhl. Der Keller sah älter aus als das Gebäude. Die Wände waren voller Schimmel. Die Taschenlampe erhellte ein Regal, auf dem Dosen, verrostetes Werkzeug und anderes Zeug lagen. Sollte der Keller wirklich älter sein als das Hotel, gab es vielleicht einen Weg hinaus, den keiner kannte. Sie war nicht allzu zuversichtlich, dass sie etwas fand. Harvey Farossi hatte ihr am Morgen die Zugangsdaten für die Datenbanken des FBI und der Metropolizei geschickt. Das Gesetz und Jodie Miwa hatten sich umgesehen, ohne auf einen Hinweis zu stoßen, wie die Postbotin aus dem Gebäude gekommen war. Wie wahrscheinlich war es, dass sie vielleicht nicht richtig gesucht oder etwas übersehen hatten?

Lozen gelangte zu einer Tür, auf der die Reste eines Fotos klebten, das eine nackte Frau zeigte. Wegen der Frisur tippte Lozen auf die 1970er. Sie drückte die Tür auf, die in den Heizungskeller führte. Der Öltank und der Brenner füllten fast den ganzen Raum aus. Sie ging weiter und kam zu einem Lagerraum, in dem ein alter Schrank und geöffnete Kisten standen. Sie schaute hinein. Sie waren voller vergilbter Postkarten mit Motiven von Washington, D.C. Auch aus den Siebzigern, schätzte sie und fragte sich, was die an diesem Ort machten. Lozen kam sich wie die Heldin eines Horrorfilms vor und fragte sich, warum sie bei den Graysons nicht die Theorie eines maskierten, kannibalistischen Serienkillers mit Axt vertreten sollte, der die Postbotin zerhackt und verspeist hatte.

Sie öffnete den Schrank, aber er war leer. Nachdem sie die Wände inspiziert hatte, ohne etwas zu entdecken, ging sie weiter. Das schlagende Geräusch wurde lauter. Hinter der nächsten Tür entdeckte sie die Ursache. Vier laufende Waschmaschinen aus dem vergangenen Jahrhundert. Sie öffnete einen der Toplader und schaute hinein. Bettwäsche lag in der Trommel. Sie schloss die Waschmaschine wieder. In einem weiteren Lagerraum entdeckte sie einen Schachtdeckel, der in Greg Arbonas Video nicht zu sehen gewesen war und in die Kanalisation führte, aber zu schmal für einen Menschen war.

Es war zu dunkel und unübersichtlich, um einen möglichen versteckten Ausgang zu finden, dachte Lozen und beschloss frustriert sich einen Bauplan vom Hotel zu besorgen, was sie vielleicht hätte vorher tun sollen, urteilte sie selbstkritisch. Sie stieg mit Warchoi in den Fahrstuhl, drückte auf die Acht und fuhr nach oben.

Im Erdgeschoss stoppte der Fahrstuhl und der alte Mann mit dem hässlichen kleinen Hund, den sie aus dem Video kannte, stieg zu. Einer von den beiden roch seltsam. Der alte Mann drückte auf dem Bedientableau auf die Zwei. Die Schiebetür schloss sich und die Kabine setzte sich wieder in Bewegung. Der hässliche kleine Hund wollte Warchoi beschnuppern und bekam dafür einen Hieb mit der Pfote. Der alte Mann musterte Lozen, als würde er eine Wichsvorlage betrachten. Der Fahrstuhl hielt und der alte Mann und sein hässlicher Hund stiegen aus. Bevor die Kabinentür sich schloss, drehte er sich um und griff sich in den Schritt.

Im achten Stock stieg Lozen aus. Es war gefühlt heißer als draußen. Sie ging den dunklen Flur mit den vielen Türen hinunter, den sie aus dem Video von Greg Arbona schon kannte. Von irgendwo kam Musik. Rock. Viel Bass. Der Text war nicht zu verstehen. Lozen blieb vor einer Tür stehen, auf der die Nummer 823 stand. Sie klopfte, niemand öffnete. Sie schaute sich um. Niemand zu sehen. Die Musik war laut genug. Sie trat die Tür auf, betrat das Zimmer, nahm ihr Smartphone und begann zu filmen, wobei sie darauf achtete, dass der Rakken nicht zu sehen war, weil sie keine Hinweise auf ihre Identität geben wollte. Abgenutzter Teppichboden, hellbeige Tapete, die sich von den Wänden löste, ein Bett für eine Person, ein Sofa, über dem ein bunter Quilt lag, ein durchgesessener Sessel, ein alter Flatscreen und ein Minibar-Kühlschrank, der Geräusche von sich gab. Vor dem verdreckten Fenster gab es eine Feuerleiter. Sie ging filmend ins Badezimmer. Keine Anzeichen, dass es aktuell einen Mieter gab. Sie stellte die Kamera ab, setzte sich ans Fußende des Bettes und drückte mit der Faust auf die Matratze, die nachgab. Für eine ehemalige Postbotin war dies wahrscheinlich eine der üblichen Unterkünfte, dachte sie, anonym und billig.

Lozen schlenderte zum Fenster, schob es hoch, kletterte auf die Feuertreppe und stieg aufs Dach. Warchoi folgte ihr. Ein heißer Wind blies ihr ins Gesicht. Sie ging an den Rand des Daches, von wo sie auf den Anacostia River sehen konnte. In der Ferne hörte sie Polizeisirenen. Sie setzte sich. Warchoi machte es sich neben ihr bequem. Sie schnitt auf ihrem Telefon die Aufnahmen aus dem Zimmer und veröffentlichte das Video bei den Graysons. Dann holte sie aus dem Rucksack eine Wasserflasche und trank einen Schluck. Der Himmel war blau und wolkenlos. Lozen konzentrierte sich auf die zentrale Frage. Was war im Hotel passiert? Sie war durch ihren Besuch nicht schlauer geworden.

Sie rief über den FBI-Link Agengs Akte auf. Wegen ihrer Jagd auf übergriffige Schweine war sie in verschiedenen Städten der USA in Kontakt mit der Polizei getreten. Sie war zum Zeitpunkt ihres Verschwindens zwei Tage im Hotel und hatte die kommende Woche bezahlt. Hilft mir im Moment nicht, dachte Lozen und ging auf die Seite der Graysons. Bereits vierundzwanzig Reaktionen auf ihre Videos. Nicht schlecht, dachte sie und schaute sich um. Ihr Blick blieb an einem Backsteingebäude hängen, das sie kannte und das nur ein paar Blocks entfernt lag. Es war ihr nicht bewusst gewesen, dass es in der Nähe des Hotels lag. Via Link schaute sie nach: dem Gesetz auch nicht. Und es hatte auch keinen Bezug gesehen. Aber auf ihrem WooHung-Account hatte sich die Postbotin als sehr ausgehfreudig gezeigt.

20.

Als Lozen das Hotel verließ, stand Jodie Miwa am Straßenrand neben einem grünen Wasserhydranten. Sie trug eine weiße ärmellose Bluse und eine schwarze Stoffhose, lutschte an einem Eis und nickte Lozen zu.

„Miwa, fast könnte ich den Eindruck gewinnen, du verfolgst mich."

Innerlich ärgerte sich Lozen. Offensichtlich hatte die Agentin sie verfolgt und sie hatte es nicht bemerkt. Schon wieder, denn sie ging davon aus, dass Miwa es auch in Hagerstown gelungen war.

„Ich weiß immer noch nicht, warum Mr. Farossi so viel von dir hält."

Lozen ignorierte die Bemerkung.

„Wo stehst du mit den Recherchen, Freeman?"

„Vor dem Hotel, wie du siehst."

„Rausgefunden, wie die Postbotin aus dem Gebäude gekommen ist, Freeman?"

„Nein. Du?"

Jodie Miwa überging die Frage.

„Was denkst du, Miwa? Welche Rolle spielt diese Ageng in dieser Angelegenheit? Hast du eine Theorie?"

„Nein. Du?"

„Nope. Hast du Hinweise, wo sie sein könnte?"

„Ich bin nicht verpflichtet, Informationen mit dir zu teilen."

Jodie Miwa grinste.

„Blöd für mich, findest du nicht?", fragte Lozen.

„Wie sieht dein weiteres Vorgehen aus?"

„Weiß ich nicht."

„Mr. Farossi wird das nicht gefallen."

„Meistens gefällt es mir, wenn es Harv nicht gefällt."

„Werde ich ihm ausrichten."

„Sag ihm auch, dass ich keinen Bock habe, dass du an meinen Fersen klebst."

Sie marschierte los, vorbei an Jodie Miwa, die beim Hydranten stehen blieb. Die Hitze war an diesem Tag unerträglicher als an den Vortagen. Sie passierte eine Baustelle, an der die Arbeiter schwitzend in Boxshorts ein Gerüst aufbauten. Aus einem Fischrestaurant kamen besorgniserregende Düfte, die einem sagten, dort nichts zu essen. Nach zehn Minuten erreichte Lozen das vierstöckige beige Backsteingebäude, das an einer Kreuzung lag, von einem hohen Gittermattenzaun umgeben war und vor dem gut gelaunten Menschen warteten. Vorm Eingang standen zwei im Gesicht tätowierte Typen, uniformiert in schwarzen Hemden und Jeans. Der Größere war Nakamura, der andere Jon.

„Hey, Dee", sagte der Erstere.

„Hey."

Sie umarmte die Türsteher. Das Backsteingebäude war das Mountain Valley. Zwei Veteranen des Ghetto House aus Chicago und eine Frau, die vom New Jersey House kam, hatten es in den 1990ern gegründet. Seitdem hatten sie sich neuen Trends gegenüber offen gezeigt und waren deshalb nie aus der Mode gekommen.

„Du bist doch gar nicht für heute eingeteilt", sagte Nakamura.

„Ich suche jemanden."

Er sah sie fragend an und sie rief ein Foto von Ageng auf.

„Ich vermute, dass sie hier war."

118

„Wann?"

„Vor drei, vier Tagen."

„Da hat Lois die Tür gemacht."

„Ist sie da?"

„Yeah. Bei den Klos."

„Klos?"

„Wegen dem Notarzt hat uns das Gesetz auf dem Kieker. Deshalb kontrollieren wir den Drogenkonsum für eine Weile und du weißt, was auf den Toiletten los ist."

„Verstehe. Thanx."

Sie ging ins Gebäude, vorbei am Kassenbereich und der zentralen Garderobe. Ein textloser Song mit starkem Bass lief. Lozen hatte auf einmal das Gefühl, dass es spät in der Nacht war. Das war die magische Wirkung des Clubs. Zeit verlor an Bedeutung.

Im Erdgeschoss gab es eine Bar und einen Darkroom, in dem sie mit Lionel und Johnnie To mehrfach gewesen war. Sie ging über die Stahltreppe in den ersten Stock, wo sich ein Raum mit hoher Decke befand. Links und rechts Betonsäulen. Blaues Licht. Herabhängende Banner. Hinter einer Glaswand gab es eine zweite Bar. Die Tanzfläche, auf der bis zu fünfhundert Partypeople Platz hatten, war voll.

Lozen hielt sich links, gelangte in einen dunkelgrünen beleuchteten Gang, der zu den Klos führte. Anfangs waren es Unisex-Toiletten gewesen, aber die hatten sich nicht durchgesetzt. Sie ging aufs Frauenklo, wo viel Betrieb herrschte. Einige rauchten Joints, andere wuschen sich die Hände, andere standen in Slips da, weil sie sich mit Handtüchern den Schweiß abrieben und umzogen. Neben dem Trockner stand eine Frau um die fünfzig mit mächtigen Oberarmen und rasiertem Schädel. Das war Lois. Sie und Lozen umarmten sich.

„Was machst du hier?", fragte die Bodybuilderin.

Lozen erklärte es ihr.

„Ich weiß, es ist unwahrscheinlich, dass du dich erinnerst", sagte sie und zeigte der Türsteherin das Foto von Ageng. Lois sah sich die Aufnahme an.

„Die hab ich gesehen."

„Wirklich?"

„Yeah. Hat sich wie eine Verrückte gebärdet. Sie hatte einen Riesenstoffhasen in der Hand."

„Stoffhasen?"

„Yeah. Wie von der Kirmes."

„Und dann?"

Lois sah etwas hinter Lozens Rücken.

„Hey, Lucy, raus. Ich hab es dir gesagt."

Lozen dreht sich um, sah eine zierliche Frau aus dem Klo laufen und blickte fragend zur Türsteherin.

„Die macht mit ihrem Bruder eine komische Mischung, die viele umhaut, weshalb wir sie vorerst nicht verkaufen lassen", sagte Lois.

„Verstehe. Wer ist auf dem Männerklo?"

„Edison."

„Uh, Edison."

Edison war der neue Star unter den Türstehern, weil er nebenher modelte und mit Gästen beiderlei Geschlechts Affären hatte.

„Er ist nicht so gut, wie man denkt."

„Du hast ihn ausprobiert?"

„Yeah, vorgestern. War nichts Besonderes."

Die Frauen lachten.

„Zurück zur Frau mit dem Hasen."

„Ich hab sie nicht reingelassen. Sie hat geschrien, den Stoffhasen zerrissen und ist abgehauen."

Lois zog ihr Smartphone aus der Cargohose, rief ein Video auf und zeigte es Lozen. Die Verrückte war tatsächlich Ageng. Sie trug den gleichen Trainingsanzug wie im Fahrstuhl.

„Wow", sagte sie.

„Ich weiß nicht, auf welchem Trip die war, aber es war kein guter."

„Schickst du mir das Video?"

„Klar", sagte Lois und tippte was in ihr Telefon, „erledigt."

„Haben es viele geteilt?", fragte Lozen.

„Einige. Aber du weißt, wie es hier ist. Viele Profilneurosen stehen vor der Tür. Da gehen solche Auftritte nicht jedes Mal viral."

Lozen lachte. Sie mochte Lois.

„Thanx. Du hast echt geholfen."

„Kein Problem. Warum suchst du die Spinnerin?"

„Jemand zahlt gutes Geld, sie zu finden."

„Das machst du also, wenn du nicht bei uns bist."

„Unter anderem."

Die Frauen umarmten sich und Lozen verließ das Mountain Valley. Als sie vor dem Gebäude stand, spielte sie das Video mit dem Hasen noch mal ab.

War die Postbotin tatsächlich auf einem Trip?, fragte sich Lozen. Das rätselhafte Verschwinden aus dem Hotel und der Auftritt mit dem Stofftier, Lozen fand das zu viel. Es kam ihr wie eine Inszenierung vor. Aber die Frage, warum diese Ageng einen solchen Aufwand betreiben sollte, konnte sie nicht beantworten. Lozen schickte das Video kommentarlos an Harvey Farossi und schaute anschließend auf die Uhr des Smartphones. Es war nicht einmal sechs Uhr abends. Cool, dachte sie.

21.

Wie immer, wenn Lozen die Billardhalle betrat, hatte sie das Gefühl, es würde viel geraucht, obwohl es niemand tat. Der Raum war groß und lang gezogen, fünfzehn Tische mindestens, über jedem hing eine Leuchte. Wenige Spieler, keine Frauen. Es lief ein Rap-Song, aber Lozen fand, man sollte Jazz aus den 1950ern spielen. Die Billardhalle hatte was von einem Überbleibsel aus einer vergangenen Zeit. Sie kam Lozen wie die Kulisse eines Schwarz-Weiß-Films aus den 1960ern vor, den sie mochte, in dem es um ein Duell zwischen zwei Billardspielern ging. Auf einem Stuhl auf einem Holzpodest saß ein massiger Afroamerikaner in einem knallroten Trainingsanzug, der sie angrinste.

„Hey, Chen."

„Hey, Lozen."

Chen und sein Buddy Jack Cebulski waren Drogendealer und Zuhälter. Lozen wusste nicht, wie sie sie bezeichnen sollte. Waren sie Freunde, eher nein, weil sie ihre Jobs abscheulich fand, aber es waren Gestalten, denen sie vertrauen konnte, was sie in der Vergangenheit beweisen hatten. Sie wussten, wer sie war und hatten sie nicht verpfiffen. Vielleicht war „Komplize" das richtige Wort. Vielleicht war es einfach nur ein Geschäftsverhältnis und sie profitierten von Fähigkeiten des jeweils anderen.

„Guter Fight gegen den Tadschiken-Gladiator", sagte Chen.

„Danke. Der Typ war nicht ohne."

„Absolut nicht. Vor zehn Jahren war er ziemlich gut."

„Heute ist er fett und ohne Ausdauer."

„Willst du zu Jack?"

„Nein, zu dir, ich habe ein chinesisches Problem."

„Hat das nicht die ganze Welt?"

Lozen wusste nicht, warum der Afroamerikaner Chen genannt wurde und Chinesisch, sprich Mandarin, konnte, aber sie wusste, dass er so viel Wissen in seinem Kopf speicherte wie die Internet-Enzyklopädie LaiLai.

„Hast du Zeit?", fragte sie.

„Ja, sicher. Es ist ruhig."

Die wenigen Spieler in der Halle konzentrierten sich auf ihre Stöße. Lozen rief Agengs WooHung-Account auf und gab das Smartphone Cheng.

„Ich möchte wissen, was sie in den Posts der letzten paar Wochen sagt."

„Warum nicht Deep-Down-Translate?"

„Hat miese Ratings bei Chinesisch."

„Ich brauch ein bisschen."

„Ich hol mir ein Bier und spiel."

Sie ging an die unbesetzte Bar, holte sich eine Flasche Schweizer Bier aus dem Kühlschrank und ging zu einem freien Billardtisch. Ein neuer Song, irgendetwas zwischen Pop und Folk, begann. „Warum kämpfen wir, ich weiß es nicht mehr", stellte die Sängerin fest. Lozen baute die Kugeln auf. In den vergangenen Jahren hatte sie kaum gespielt. Sie brauchte eine gefühlte Ewigkeit, die Kugeln einzulochen, und begann von vorne. Nach dem dritten Durchgang kam Chen zu ihr.

„Ist belangloses Zeug."

„Nichts, was dir seltsam vorkam?"

„Nope. Sorry."

„Ich hab mit nichts gerechnet."

Das war die Wahrheit. Aber sie hatte sichergehen wollen, dass sie nicht etwas übersah.

„Wer ist sie?"

„Eine Postbotin."

„Gesucht?"

„Wäre ich sonst hinter ihr her?"

Er grinste.

„Was ist das Problem?"

„Sie ist auf mysteriöse Weise aus einem Hotel verschwunden."

„Ah, die Frau, die von Aliens entführt worden sein soll."

„Genau die."

„Und du musst sie finden?"

„Genau."

„Sie zu finden, bringt das Geld?", fragte er.

Sie nickte.

„Geh zu den Graysons. Die schauen sich solche Fälle an und manchmal entdecken sie was."

„Ich bin bereits das neuste Mitglied."

Er gab ihr den „Daumen hoch".

„Kennst du dich in der Postboten-Szene aus?", fragte sie.

Er rieb sich die Nase.

„Was glaubst du?"

„Ich glaube, du kennst dich überall aus, Chen."

Er grinste.

„Warum spielst du eigentlich bei keinen Quizshows mit?", fragte sie.

„Hab ich vor ein paar Jahren. Weil ich zu oft gewonnen habe, stehe ich auf einer Blacklist."

„Es gibt eine Blacklist für Quizshows?"

„Was denkst du denn?"

22.

Die Sonne ging unter, es war nach wie vor sehr heiß. „Es ist nicht vorbei, es ist der Anfang und ich habe nichts zu verlieren", sang die Sängerin auf Englisch und Spanisch. Eine von Johnnie Tos Playlists lief. Lozen kannte den Song, er gehörte zum Soundtrack einer Filmreihe, in der es in einer Nacht im Jahr legal war, Menschen zu jagen und umzubringen.

Sie machte in T-Shirt und Shorts im Garten Schattenboxen und schwitzte. Warchoi faulenzte im Schatten eines Baumes, Johnnie To stand auf der Veranda am Grill, bestrich Fischfilets mit Öl, salzte sie und legte sie auf den Rost, während Lionel Drinks mixte, aus Sekt, Rosmarin, Eiswürfeln und einem roten Likör aus Bayern, den er von einer Reise mitgebracht hatte.

„Die Fische brauchen noch fünf Minuten", sagte Johnnie To.

Lozen sagte nichts und boxte weiter.

„Woher kenne ich den Song?", fragte Lionel.

Johnnie To nannte den Filmtitel.

„Hm. Nie gesehen."

„Wenn es um Leben und Tod geht, was zum Teufel ist dann ein Gesetz", fragte die Sängerin.

„Wollen wir eigentlich gemeinsam in den neuen Tan-kabots-Film?", fragte Johnnie To.

„Nicht meine Welt", sagte Lionel.

Die Tankabots basierten auf der gleichnamigen Spiel-zeugreihe, die Ende der 1980er sehr populär gewesen war. Es ging um intelligente Roboterwesen, die die Fähigkeit besaßen, sich in jegliches technische Gerät zu verwandeln, und symbiotische Verhältnisse mit Menschen eingehen konnten, die dabei Teil der Ma-schine wurden.

„Lozen?", fragte Johnnie To.

„Bin dabei."

„Dann sind wir zu zweit."

„Drinks sind fertig", sagte Lionel.

„Fisch in vier Minuten", sagte Johnnie To.

Lozen stoppte mit dem Schattenboxen.

„Ich gehe duschen."

„Musst du nicht. Wir mögen dich in jedem Zustand", sagte Johnnie To.

„Du und dein Schweißfetisch."

Lozen ging ins Haus, zog sich aus, duschte, zog ein schwarzes Tanktop und kurze Spats an und ging barfuß zurück in den Garten. Ein neuer Song lief. Elektro, ohne Gesang, eine arabisch klingende Melodie, die relaxte Stimmung verbreitete und zur Hitze passte. Johnnie To und Lionel aßen schon. Als sie sich setzte, stoppten sie und sie stießen an.

„Hast du schon unser Abendprogramm geplant?", fragte Johnnie To, als er Lozen den Fisch auf den Teller legte und mit frischen Kräutern garnierte.

„Ein Film, in dem ein NPC ein Bewusstsein entwickelt."

„Den wollte ich auf meinem letzten Flug gucken, habe es aber nicht geschafft", sagte Lionel.

„Willkommen bei Air Lozen", sagte Johnnie To und pfiff eine kurze Melodie.

Sie stießen erneut an.

„Wie läuft dein Job?", fragte Lionel.

„Schwierig. Glaube nicht, dass ich die Postbotin kriege."

„Wie sind die Leute bei den Graysons so?"

„Irgendwas zwischen schräg und erschreckend normal."

„Normal?"

„Bürger, die sich langweilen und deshalb Privatdetektiv spielen."

„Hm."

„Bist du gerade sehr busy?", fragte sie Johnnie To.

„Es geht. Warum?"

„Ein chinesischer Geheimagent."

„Ein chinesischer Geheimagent?"

„Yeah."

„Also gefährlich."

„Absolut. Aber gut aussehend."

„Gutaussehende bestehle ich lieber. Auch wenn sie die Kohle verloren haben, haben sie noch ihr Gesicht."

Johnnie To war ein Dieb, davon lebte er.

„Ich kann zahlen. Geht auf Rechnung von Harv", sagte Lozen.

„Bin dabei."

Lozen schrieb Harvey Farossi eine Mail und bat ihn um die Adresse von Jing Uen. Ein neuer Song begann. Eine coole Coverversion eines uralten schrecklichen

italienischen Schlagers. „Ich glaube, du musst es langsamer angehen, bevor du es versaust", sang die Frau
auf Englisch.

23.

„Fuck", sagte Lozen, die eine Botschaft der Graysons gelesen hatte, während sie im Wohnzimmer mit Johnnie To und Lionel frühstückte. Es war schon fast elf. Sie hatten erst den Film über den NPC geschaut, dann einen aus der Schweiz, der aber schlecht gewesen war, obwohl es über den Monte Verita ging, ein Berg im Tessin, der im frühen zwanzigsten Jahrhundert ein Treffpunkt für Aussteiger und Feministinnen gewesen war. Nach den Filmen waren sie übereinander hergefallen und weit nach Mitternacht miteinander eingeschlafen.

„Fuck? Hat dir die letzte Nacht nicht gereicht?", fragte Johnnie To.

„Jack Heck hat herausgefunden, wie die Postbotin aus dem Keller gekommen ist."

„Wer ist Jack Heck?"

„Einer der Graysons."

„Fuck."

„Hat dir die letzte Nacht nicht gereicht?"

„Was hat er rausgefunden?"

„Dass es eine Geheimtür im Keller gibt."

„Du warst doch im Keller", sagte Johnnie To, „und die Möglichkeit eines unbekannten Ausgangs war nicht so unwahrscheinlich."

„Es war total unübersichtlich in dem Keller. Ich wollte mir den Bauplan des Hotels besorgen."

„Tja, der Grayson war wohl schneller."

„Wäre mir nicht aufgefallen."

Und er war schneller als das Gesetz und Jodie Miwa, dachte sie.

„Was hat er entdeckt?", fragte Lionel, der in die Küchenzeile ging und Kaffee in die Tassen schüttete.

„Einen Gang in einem der Lagerräume, der offenbar zu einem benachbarten Gebäude führt."

„Wie ist er drauf gekommen?", fragte Lionel, als er den Kaffee an den Tisch brachte.

„Schreibt er nicht."

„Washington D.C. ist eigentlich bekannt für seine Tunnel", sagte Johnie To.

„Du meinst die zwischen den Regierungsgebäuden", sagte Lozen.

„So oder so: gute Recherchearbeit."

Lozen atmete durch.

„Yeah", sagte sie.

„Du wurdest von einem Amateur geschlagen."

Lozen atmete durch.

„Yeah", sagte sie.

„So beginnt ein Scheißtag, was?"

„Yeah."

Warchoi kam ins Wohnzimmer gelaufen. Er hatte einen toten Vogel im Maul.

„Ich wusste nicht, dass er Vögel mag", sagte Lionel.

„Ich weiß nicht, ob ‚mag' in diesem Zusammenhang das eindeutige Wort ist", sagte Johnnie To.

24.

Alison24: So geil, dass du die Tür gefunden hast.

WhatTheHeck: Thanx.

Punchforever: Wie bist du drauf gekommen?

Lozen saß mit dem Laptop auf der Terrasse, während Warchoi im Garten döste. Ihre Mitbewohner waren weg. Lionel hatte einen Job, was Johnnie To machte, wusste sie nicht.

WhatTheHeck: Hab mich mit dem Gebäude beschäftigt. Stellte sich heraus, dass es in den frühen 1920er Jahren gebaut wurde. Während der Prohibition gab es dort eine Schnapsbrennerei. Einer der Betreiber hat über die Zeit geschrieben und von unterirdischen Gängen berichtet, durch die sie den Alkohol zu Speakeasys in der Nähe transportiert haben.

GregArbona: Das Hotel sieht nicht so alt aus.

WhatTheHeck: Offenbar haben sie es in den 1950ern abgerissen und ein neues Gebäude gebaut, dabei aber die Kelleranlagen nicht angerührt.

Punchforever: Viel Zeit in der Bibliothek verbracht, was?

WhatTheHeck: Verdammt viel Zeit.

GregArbona: Und was hast du gemacht, nachdem du das rausgefunden hast?

WhatTheHeck: Bin ins Hotel gefahren und hab die Geheimtür gesucht.

GregArbona: War es schwierig?

WhatTheHeck: Ging so. War nicht ganz klar, wo die Tür sich befindet. Und wie du weißt, ist da alles voller Zeug. Hab die Tür der Schnapsbrenner hinter einem alten Schrank gefunden.

Das musste der Raum mit den Postkarten gewesen sein, dachte Lozen.

GregArbona: Wow.

Alison24: Hast du gefilmt?

WhatTheHeck: Akku war leider leer.

Alison24: Schade. War die Tür abgeschlossen?

WhatTheHeck: Du musst dir das nicht wie deine Haustür vorstellen. Eher wie ein Teil der Wand.

Punchforever: Wie 'ne Geheimtür in einem alten Horrorfilm?

WhatTheHeck: Genau.

GregArbona: Wie hast du sie geöffnet?

WhatTheHeck: Einiges versucht. Am Ende musste man nur gegendrücken.

Alison24: Was heißt das denn für Ageng?

GregArbona: Dass es nichts mit außerirdischen Mächten zu tun hat.

Alison24: Es ist immer noch möglich.

Punchforever: Vieles spricht dafür, dass sie ihren Abgang geplant hat.

WhatTheHeck: Genau.

Punchforever: Spricht gegen eine Entführung.

GregArbona: Stimmt.

Punchforever: Das seltsame Verhalten beim Einsteigen in den Fahrstuhl könnte dazu da gewesen sein, um abzulenken.

WhatTheHeck: Interessanter Ansatz.

Punchforever: Die Frage ist, wo sie hingegangen ist.

GregArbona: Da wo der Gang endet, gibt es da eine Busstation in der Nähe? Oder die Metro?

WhatTheHeck: Bus.

GregArbona@Punchforever: Was ich schon immer fragen wollte, wie bist du in ihr Zimmer gekommen?

Punchforever: Glück. Die Tür war aufgebrochen.

SuperSusan: Waren tolle Bilder.

SuperSusan kannte Lozen nicht.

Metalbreach: Wie gehen wir weiter vor?

Ihn kannte Lozen ebenfalls nicht.

GregArbona: Ich fahr die Tage wieder nach D.C. und werde Fotos von Ageng in der Gegend rumzeigen, wo die Gänge hingeführt haben.

WhatTheHeck: Gute Idee.

GregArbona: Wir könnten es zusammen machen.

WhatTheHeck: Keine Zeit, muss arbeiten, das Suchen in der verdammten Bibliothek war zeitaufwendig.

SuperSusan: Ich komme gerne mit.

GregArbona: Super.

25.

Wie beim ersten Besuch saß die schwitzende junge
Frau in extrem engen Hotpants und einem weiten
Tanktop schnapstrinkend vor dem Hotel. Der Geruch
im Gebäude war noch da und die Rezeption erneut
nicht besetzt. Lozen, die Warchoi bei Johnnie To gelassen hatte, fuhr in den Keller, holte die Taschenlampe aus dem Rucksack und schaltete sie an. Ihr Smartphone klingelte. Eine unbekannte Nummer. Sie ging
ran.

„Ja?"

„Ms. Freeman."

„Mr Uen. Was kann ich für Sie tun?"

Sie erinnerte sich nicht, ihm ihre Nummer gegeben zu
haben.

„Was halten Sie von den neusten Entwicklungen?"

„Weiß ich noch nicht."

„Wirklich?"

Vielleicht machte es Sinn, nicht auf Konfrontations-
kurs mit dem Chinesen zu gehen, dachte Lozen.

„Ich bin gerade im Keller des Hotels", sagte sie.

„Wirklich?"

„Yeah."

„Vielleicht komme ich vorbei."

Er beendete das Gespräch.

Lozen ging zum Lagerraum mit der Geheimtür, vor dem Absperrband hing, weil nach Jack Hecks Posts das Gesetz gekommen war und den Raum, die Tür und den Gang untersucht hatte. Sie tauchte unter dem Absperrband hindurch und stand im Lagerraum. Der Schrank war weggeschoben, die Geheimtür stand offen. Ich war beim ersten Besuch nicht gründlich genug, dachte Lozen und betrat den Gang, der eng und knapp sechs Fuß hoch war. Mit jedem Schritt wurde es wärmer und die Luft schlechter. Die Holzbalken, die für Stabilität sorgen sollten, sahen nicht vertrauenswürdig aus. Sie erreichte eine Abzweigung, aber einer der Gänge war eingestürzt. Sie ging weiter. Nach einer Weile gelangte sie zu einer Holzleiter, die in einem Schacht nach oben führte. Sie kletterte hoch und gelangte in einen Keller mit einem Kinderwagen und Fahrrädern. Auf dem Boden, neben dem Schacht, aus dem sie gekommen war, lag ein gusseiserner Gullideckel.

Sie schaltete die Taschenlampe aus und steckte sie zurück in den Rucksack. Die Tür des Kellers war offen, wieder Absperrband der Polizei, Treppen, die nach oben in einen Flur führten, durch den sie nach draußen auf eine Straße gelangte. Sie stand vor einem zweistöckigen Gebäude, das nicht sehr alt wirkte. Wahrscheinlich hatten sie auch hier ein neues Haus auf den alten Keller gesetzt. Sie atmete durch. Obwohl es draußen heißer war als im Gang, war die Luft besser. Ihr gegenüber befanden sich zwei einstöckige Backsteingebäude. An einem hing ein weißes Neonzeichen in Form eines Zahns, das für einen Zahnarzt warb. Sie glaubte es auf Agengs LukOut-Account gesehen zu haben. Daneben lag eine Saftbar mit einem großen Schaufenster. Sie ging ein paar Meter und passierte einen Parkplatz und ein Rehab- und Schmerzcenter in einem grauen Gebäude mit rotem Neonzeichen. Sie schaute im Netz nach. Das Center war auf unfall- und arbeitsbedingte Verletzungen spezialisiert. Über ihren FBI-Link schaute sie in die Ermittlungsakten. Dort stand, dass die Patienten in der fraglichen Zeit überprüft worden waren.

„Und? Sind Sie schlauer als zuvor?", fragte eine Stimme.

Lozen drehte sich um und sah Jing Uen, der einen zerknitterten schwarzen Anzug und ein weißes Hemd trug.

„Sie sind tatsächlich gekommen", sagte sie.

„Ich war neugierig."

Die Ringe unter den Augen des Chinesen waren dunkler als bei der ersten Begegnung. Wieder erinnerte er sie an den chinesischen Schauspieler. Jing Uen war nicht alleine. Hinter ihm stand ein junger Typ mit modischer Kurzhaarfrisur in einem grauen gut geschnittenen Anzug, der leicht lächelte. Lozen fand, dass er wie jemand aus der Personalabteilung aussah. Lozen mochte solche Typen nicht. Nach der Militärzeit und vor der Gründung der eigenen Firma hatte sie eine Reihe Vorstellungsgespräche gehabt, die ausnahmslos schiefgegangen waren. Sie wusste, dass es an ihr gelegen hatte, weil sie meistens übermüdet, verkatert oder betrunken gewesen war, aber die Human-Resources-Gestalten waren ihr negativ im Ge-

dächtnis geblieben. Glatt, höflich, eiskalt, mit vorge-
spieltem Verständnis, auswendig gelernten Formulie-
rungen und blöden Fragenkatalogen, die sie abarbeite-
ten.

„Lassen Sie uns was trinken", sagte Jing Uen.
Sie betraten den Laden, in dem nicht viel los war und
ein K-Pop-Song lief, kauften Smoothies und setzten
sich an einen Tisch beim Fenster. Diesmal roch Jing
Uen nur nach Parfüm. Lozen stellte den Rucksack ab.
Ihr fiel auf, dass der Human-Resources-Typ draußen
geblieben war.

„Was im Gang entdeckt?", fragte Jing Uen.
„Nein. Stadthistoriker werden ihre Freude dran haben."
Jing Uen zog sein Smartphone, tippte etwas ein und
schob es rüber zu Lozen. Sie sah den englischsprachi-
gen Eintrag einer Hongkonger Tageszeitung, der
vermeldete, was sie bereits wusste, dass es in einer
chinesischen Anlage in Nigeria einen Unfall gegeben
habe, bei dem eine giftige Chemikalie ausgetreten sei,

die die Angestellten, darunter der Leiter Chen Liu, getötet habe.

„Wir haben Hinweise, dass Chen Liu heimlich einen Kampfstoff entwickelt hat, dessen Auswirkungen Sie in Nigeria erlebt haben. Er wollte ihn wohl verkaufen."

„Kampfstoff?"

„Wollen Sie mir sagen, dass Farossi davon nichts gesagt hat?"

„Chemische Kampfstoffe sind illegal."

„Ein Zufallsprodukt der Forschungsabteilung."

„Sicher. Ein Zufallsprodukt."

„Wie Sie schon gesagt haben: Giftgas ist illegal."

„Sie und Farossi haben nicht zufällig dieselbe Mutter?"

„Sie sind witzig."

„Auf den Satz sollte ich das Copyright besitzen."

Der Chinese nippte an seinem Saft.

„Finden Sie nicht, dass da Wodka fehlt?", fragte er.

„Sie suchen den Geist in jeder Flasche, oder?"

Er grinste und nippte erneut.

„Chen Liu war ein Manager, der bisher profitabel gearbeitet hatte."

Lozen musste grinsen.

„Ich genieße es, wenn Kommunisten wie Kapitalisten klingen."

„Es wäre einfacher, wenn wir, wie die Alten im Kalten Krieg, für die behauptete Überlegenheit einer Ideologie kämpfen würden."

„Ich steh nicht auf Ideologien und Religionen. Beide wollen einem sagen, dass die Welt schwarz-weiß ist, aber das ist sie nicht."

„Das Leben ist ein Saftladen."

„Sie sind auch nicht unwitzig."

Sie tranken beide schweigend.

„Warum bleibt Ihr Kollege draußen?", fragte Lozen und zeigte auf den Chinesen, den sie durchs Schaufenster sehen konnte und der sie beobachtete.

„Er ist kein Kollege."

„Human Resources?"

„Wie kommen Sie darauf?"

„Er sieht danach aus."

Jing Uen lächelte.

„Er ist so was Ähnliches."

„So was Ähnliches?"

„Lassen Sie uns das Thema wechseln."

„Gut. Können Sie mir etwas über diese Ageng sagen?"

„Leider nicht viel."

„Sagen Sie es trotzdem."

„Es gab vor Jahren einen Versuch, sie anzuwerben, aber es wurde schnell klar, dass sie nicht die richtige Einstellung hatte. Unser Land ist ihr egal. Die Partei ist ihr egal."

„Also ein Freigeist."

„Hm."

„Hm?"

„Ich melde mich."

Er stand lächelnd auf.

„Wir sehen uns."

„Sie haben nicht ausgetrunken."

„Ohne Wodka ein fades Getränk."

Jing Uen verließ den Saftladen und ging am Human-Resources-Typen vorbei, als wäre er nicht da.

Sie konnte den Chinesen nicht einschätzen. Das beunruhigte Lozen. Sie überlegte, ob sie Johnnie To anrufen und den Einbruch bei Jing Uen canceln sollte, und entschied sich dagegen. Stattdessen schrieb sie ihm eine Nachricht, dass er vorsichtig sein solle. Er schrieb eine typische Johnnie-To-Antwort zurück, dass er sämtliche John-Garvin-Filme gesehen habe und deshalb perfekt vorbereitet wäre. „Du siehst aber nicht so gut aus wie Meehan", antwortete sie, was er mit einem Emoji beantwortete, das einen wütenden Smiley zeigte.

Lozen nahm den Rucksack, verließ den Saftladen und öffnete Agengs LukOut-Account, schaute sich die letzten Einträge an und entdeckte das Neonzeichen in Form eines Zahns. Sicher kein Zufall. Lozen dachte nach. Das irrationale Verhalten im Fahrstuhl, der Geheimgang, das passte nicht zusammen. Die These, dass die Postbotin ein Drogenproblem hatte, machte auch keinen Sinn. Den Tunnel hatte sie nicht zufällig entdeckt. Sie war untergetaucht. Aber wozu? Sich in Sicherheit zu bringen? Vielleicht. Aber das Fahrstuhlvideo und der Auftritt vorm Mountain Valley machten in diesem Zusammenhang keinen Sinn. Wer untertaucht, will keine Aufmerksamkeit. Lozen ging ein paar Schritte. Ein Bus fuhr vorbei. Auf der anderen

Straßenseite stritt sich eine dicke Frau mit einem dicken Mann.

Vielleicht ging es nicht um Aufmerksamkeit, dachte Lozen, sondern um Ablenkung, um Verfolger mit unwichtigen Details zu verwirren und langsamer zu machen. Ageng wusste, dass die Geheimdienste und das Gesetz sie suchten, und indem sie ihnen eine Richtung vorgab, die wahrscheinlich nirgendwo hinführte, waren sie beschäftigt. Aber warum floh sie überhaupt? Sie könnte einer der beiden Regierungen den Schlüssel geben und wäre raus aus der Nummer. Hatte Ageng eine andere Agenda, von der sie bisher nichts wusste?

Lozen rieb sich die linke Hand. Wollte sie vielleicht, dass weder die USA noch China den Kampfstoff in die Hände bekamen? Das würde Sinn machen. Vielleicht wollte sie die Formel schon in Nigeria vernichten, aber das Austreten des Kampfstoffes hatte es unmöglich gemacht. Lozen dachte weiter nach, fand keine Antwort, außer der, dass Menschen komplizierte und manchmal kranke Geschöpfe waren. Letztendlich war es egal. Sie musste Ageng nicht verstehen, sie musste sie finden. Lozen rief ein Foto von ihr auf. Vielleicht funktionierte Greg Arbonas Idee.

26.

Endlich ein Bus, in dem die Aircondition funktionierte. Es war angenehm kühl. Vor ihr saßen zwei dicke Frauen, die sich angeregt unterhielten, links zwei junge Typen, die laut Musik über ihr Telefon abspielten und damit den alten Kerl vor ihnen nervten.

Zwei Stunden war sie die Straße rund um den Saftladen rauf und runter gelaufen, hatte Ladenangestellten und Passanten das Foto von Ageng gezeigt. Glück hatte sie schließlich bei einer Säuferin, die meinte, sie wäre mit der Postbotin an der Anacostia Station in einen Bus gestiegen und bis zur Endstation nach Maryland gefahren.

Keine sehr spannende Fahrt. Auf der einen Seite anfangs eine endlose Mauer, auf der anderen Kirchen, Häuser aus rotem Backstein, ein Sportplatz. Dann fuhr der Bus durch eine Wohngegend mit Einfamilienhäusern, gefolgt von einem Gebiet mit vielen Läden, dann wieder eine Wohngegend mit viel Grün, die sich bis zur Endstation in Oxon Hill in Maryland zog.

Als sie an der Endstation aus dem Bus stieg, schlug ihr die Hitze entgegen. Die jungen Typen schlenderten laut quatschend in Richtung einer Tankstelle. Lozen schaute sich um. Sie hatte nicht viel Hoffnung, einen Hinweis zu entdecken. Weiter stadtauswärts lagen keine Wohnhäuser oder Hotels in Sichtweite, nur eine befahrene Kreuzung, Tankstellen und verschiedene Geschäfte. Sie drehte sich um und blickte stadteinwärts, wo eine Wohngegend begann. Da sah sie einen Blumenladen. Sie ging hin und schaute sich die angebotenen Blumensträuße an. Sie rief Agengs LukOut-Account auf. Es waren die gleichen Sträuße. Der Zahn, die Blumen, hatte sie Glück? Wohl kaum. Glück war eine Größe, auf die man sich nicht verlassen konnte. Die Hinweise waren nicht einfach zu finden, aber auch nicht zu subtil. Es könnte eine gelegte Spur sein. Wenn es eine war, wozu?

Lozen ging stadteinwärts. Nach einer halben Stunde wollte sie aufgeben, da sah sie ihn, einen Schnapsladen, die Außenwände mit Graffiti überzogen, darunter ein grüner Mond. Nicht zu übersehen. Die Wahrscheinlichkeit einer gelegten Spur war gerade enorm gestiegen, dachte Lozen und betrat den Laden, in dem es angenehm kühl war, nach billigem Raumduft und Marihuana roch, leise britischer Rap lief und die Wände wie draußen mit Graffiti bedeckt waren. Die Regale waren gefüllt mit Wein und Schnaps und die mit verschiedenen Biersorten gefüllten Kühlschränke bunt bemalt. Ein Afroamerikaner, der einen grünen Trainingsanzug im 1970er-Style und eine Piratenbandana trug, stand hinter einer schusssicheren Glasscheibe und sah sie stoned grinsend an.

„Hey", sagte er.

„Hey, alles klar?"

„Sicher."

„Cooler Laden."

„Thanx."

Lozen beschloss, es direkt anzugehen.

„Kannst du mir sagen, wo Ageng ist?"

„Wer?"

„Hey, du hast ihren coolen Mond auf deinem Haus."

„Ah, Moon", sagte er nach einer kurzen Pause.

154

„Du kennst ihren Namen nicht?"

„Ich habe sie Moon genannt und sie fand es okay."

Seine Augen leuchteten. Er schien sie gemocht zu haben.

„Weißt du, wo sie wohnt?"

„Was willst du von ihr?"

Er schaute sie misstrauisch an. Allerdings wirkte es etwas gespielt.

„Hab 'ne Kneipe in Takoma gekauft und kenne ihre Monde. Ich folge ihr auf LukOut und WooHung."

„Du bist auf WooHung?"

„Nicht wirklich, nur um mich umzuschauen."

„Cool."

„Hey, China wird groß."

„Die machen gutes Bier."

Er holte zwei Flaschen aus dem Kühlschrank und reichte eines durch die Auslassung in der kugelsicheren Scheibe, durch die die Kunden sonst ihr Geld schoben. Dabei sah sie, dass er am Handgelenk einen Pilz im Stil alter Videospiele aus den 1980ern tätowiert hatte.

„Danke, Dude", sagte sie.

Sie schraubte die Flasche auf und prostete ihm zu.

„Hey, Moon ist echt cool. Und trinkt gerne einen. Sie steht auf Rum und Pale Ale."

Er nahm einen tiefen Schluck aus der Flasche.

„Aber eines geht gar nicht", sagte er.

„Was?"

Sie leerte die Flasche und stellte sie vor die Glasscheibe.

„Sie findet K-Pop cool. Und wenn ich eines nicht mag, ist es K-Pop."

„Und trotz der Einstellung hast du Kunden?"

Er lachte.

„K-Pop ist cool. Jeder Song ist eigentlich vier Songs", sagte sie.

„Das ist das, was ich nicht mag. Zu viel, zu bombastisch."

Er leerte sein Bier und holte zwei weitere Flaschen aus dem Kühlschrank.

„Hey, ich bin Horak."

„Dee."

Sie prosteten sich zu.

„Gute Musik ist wichtig", sagte er.

„Amen, Bruder."

„Und wer nervt am meisten?"

„Die, die sagen, dass es nach den 1970ern keine Musik mehr gab."

„Ich hör dich, Schwester."

Er drehte sich um und suchte etwas in seinem Smartphone, fand es und spielte es ab. „Wir umarmen uns und, ja, wir lieben uns, und sagen immer nur gute Nacht, und wir kuscheln, sicher, ich liebe es, aber ich brauche deine Lippen auf meinen", sang die Sängerin.

„Horak, ich habe einen Freund."

„Und ich eine Freundin. Trotzdem ein guter Song."

Sie prosteten sich grinsend zu.

„Sie wohnt auf der Livingston. Ist nicht weit", sagte er und nannte Hausnummer und Stockwerk.

„Cool. Danke."

„Was wäre wenn, ist etwas, was ich gerne sage", erklärte die Sängerin. Lozen dachte darüber nach, wiederzukommen. Horak würde sich mit Johnnie To und Lionel blendend verstehen, wenn man von der K-Pop-Sache absah – und davon, dass sie das Gefühl hatte, dass er sie die ganze Zeit verarscht hatte.

27.

Dadurch dass die rechteckigen dreistöckigen Gebäude aus rotem Backstein nur auf einer Straßenseite waren und es Wiesen und Bäume gab, wirkte es nicht wie ein Ghetto. Aber ohne Hausnummer wäre Lozen aufgeschmissen gewesen. Das Schloss der Wohnungstür war aufgebrochen. Lozen drückte sie auf und blickte auf einen schwitzenden Kleiderschrank, der Holzfällerhemd, Jeans und Springerstiefel trug und eine Waffe auf sie richtete. An seinem Hals sah sie ein Hakenkreuz, auf seinem Handrücken stand die Zahl 18, der erste und der achte Buchstabe des Alphabets, bei Rechten das Synonym für Adolf Hitler.

„Komm rein und mach die Tür zu", sagte er.

Sie folgte den Anweisungen. Sie stand in einem Einzimmerapartement mit Küchenzeile. Auf dem Sofa saß ein zweiter Typ der Kategorie Kleiderschrank, in Tanktop und Jeans, mit muskulösen Armen, auf denen mehrfach das Logo der Waffen-SS tätowiert war. Mit einer Fernbedienung stellte er eine veralte Musikanlage an. Hardrock aus den 1980ern. Laut. Sehr laut.

„Du bist nicht die Computerschlampe", der Typ im Holzfällerhemd.

„Wow. Du bist clever."

Er grunzte. Sie schaute auf seine Waffe. Eine Glock der fünften Generation. Die französische Armee benutzte sie. Er ließ den Arm mit der Waffe hängen. Amateur, dachte Lozen.

„Wo ist die Chinaschlampe, Bitch?", fragte er.

„Was für eine Chinaschlampe?"

„Das Schlitzauge, das hier wohnt."

„Ah, Moon."

„Was?"

„Stell die Musik leiser, wenn du mich nicht verstehst."

„Hey, Tortillaschlampe, nicht frech werden."

„Tortillaschlampe?"

„Hast du ein Problem damit, Wetback?"

„Was?"

„Hast du ein Problem damit, Wetback?"

„Wenn schon Rothaut."

„Was?"

„Ich komme nicht aus Mexiko. Ich bin eine Chiricahua-Apachin."

„Is' doch egal."

„Ich sag ja auch nicht Scheißislamist zu dir, sondern Drecksnazi."

Der Typ auf dem Sofa sprang auf. Lozen verpasste dem Kerl mit der Glock einen Schlag gegen den Kehlkopf, nahm die Glock der fünften Generation mit einem Hebel in ihren Besitz, legte die Idioten um und zerschoss die Musikanlage. Die Ruhe war wunderbar.

Lozen steckte die Glock in den Hosenbund, zündete sich einen Joint an und begann nach ein paar Zügen die Räume zu durchsuchen. Kein Laptop, keine Zahnbürste. Das Bett war nicht gemacht. Der Kleiderschrank stand offen. Keine Klamotten, kein Koffer oder Rucksack. Der Kühlschrank war bis auf eine Packung mit veganen Burgern leer. Auf dem Esstisch lag ein Heft von The Punch. Es sah nicht so aus, als hätte Ageng die Wohnung eilig verlassen. Nicht gut. Das hieß, dass es nahezu unmöglich war, sie wiederzufinden. Lozen hatte wieder das Gefühl, dass die Postbotin mit ihr spielte. Die Frage war, was die rechten Spinner von ihr gewollt hatten.

Lozen durchsuchte rauchend die Toten. Beide trugen abgegriffene Führerscheine bei sich. Einer wohnte in Virginia, einer in D.C.: Sie fotografierte die Dokumente ab. Dann nahm sie die Handys. Das von dem aus D.C. war ungesichert. Was für ein Idiot, dachte Lozen. Sie fand Bilder, wie er mit Freunden Party machte, dazu Fotos von einer Frau und einem Kind. Die Internetverläufe verwiesen auf Porno-, Waffen- und rechte Newsseiten wie „American Guard".

Sie ging durch die Telefonkontakte und stieß auf den Namen Jack Heck. Fuck, dachte Lozen, Jack Heck war wohl mehr als ein Grayson. Sie schickte eine Nachricht an Harvey Farossi, in der sie ihn updatete, verließ das Appartement und schlenderte zur Busstation. Während sie wartete, rief sie Chen an.

„Hey."

„Hey."

„Was kann ich für dich tun?"

„Erinnerst du dich an die Postbotin?"

„Yeah."

„Ich brauche Hilfe, sie zu finden."

„Okay."

„Sie nennt sich Ageng und hat zuletzt in Oxon Hill gewohnt."

„Für wen suchst du sie?"

Sie zögerte.

„So geheim?", fragte er.

„So Regierung."

„Verstehe."

„Glaube ich nicht."

Er lachte.

„Okay, ich bespreche es mit Jack."

„Okay."

„Wird nicht umsonst sein."

„Dachte ich mir."

„Wenn es was mit Politik zu tun hat, wird es teuer."

„Ich weiß."

„Wir finden was."

Sie lachte auf. Auf diese Weise war es schon einmal gelaufen. Sie hatte die Hilfe der beiden benötigt. Als Gegenleistung hatte sie Jack Cebulskis Stiefschwester befreit, die ein Konkurrent entführt hatte. Eine Aktion mit vielen Toten und einem abgebrannten Haus.

28.

„Hier die 4000."

„Thanx."

Lozen nahm das Geld und reichte der Frau gegenüber einen Karton Kreditkartenrohlingen und einen mit drei Schusswaffen, die sie bei Shostakov abgeholt hatte.

„Du bist bei den Butterflyfights, oder?"

„Yeah."

„Schon mal an der Tür gearbeitet?"

„Bin beim Mountain Valley in D.C."

„Wenn du mal 'nen Job brauchst, komm vorbei. Ich hab da einen Club am Stadtrand, da kann ich jemanden wie dich brauchen."

„Merk ich mir. Danke."

Lozen war in Ocean City, Maryland, und stand vor einem einstöckigen Haus an einer schlecht beleuchteten Straße. Die Frau ihr gegenüber war um die dreißig, trug ein enges Tanktop mit Superheldinnen-Motiv und Shorts. Wilde Tiere waren auf ihre Arme und Beine tätowiert.

„Willst du ein Bier?"

„Ein anderes Mal. Muss noch zurück."

„Fuck. Das sind doch fast drei Stunden."

„Yeah."

Lozens Telefon vibrierte. Es war Harvey Farossi.

„Da muss ich rangehen", sagte sie zur Frau. „Hey, Harv, alles klar?"

„Alles klar. Bei dir?"

„Bin in Ocean City."

„War ich noch nie."

Lozen ging zum Wagen und setzte sich im Schneidersitz auf die Motorhaube. Links von sich sah sie eine Gruppe Frauen und Kerle grillen und Bier trinken. Ein entspannter Hip-Hop-Song lief. Die Rapperin sang etwas von weißen Zähnen.

„Was gibts?"

„Der Schlüssel wird versteigert."

„Versteigert?"

„Auf einer Seite im Darknet. Die Auktion läuft seit achtundvierzig Stunden und endet in fünf Tagen. Unter dem Namen Dunkles Herz."

Die Frage war, wie sie an den Schlüssel gekommen waren, dachte Lozen. Es konnte nur bedeuten, dass sie die Postbotin erwischt hatten.

„Fünf Tage. Warum so lang? Das ist ein Risiko."

„Hab ich auch gefragt. Meine Experten haben es mir erklärt. Es liegt daran, dass für die Ware und die Versteigerung keine Werbung gemacht werden kann. Es muss sich herumsprechen, und es müssen potenzielle Interessenten informiert werden."

„Wirst du mitbieten?"

„Meine Leute sind dran. Bieter werden überprüft. Der Veranstalter kennt die Klarnamen. Das braucht Vorbereitung."

„Sonst noch was, was ich wissen muss?"

„Laut meinen Experten gibt es am Ende einen einminütigen Countdown. Ist der abgelaufen, hat das höchste zuletzt eingegangene Angebot die Auktion für sich entschieden."

„Der Countdown ist dafür da, dass keiner auf die Idee kommt, den Auktionator zu beeinflussen."

„So ist es."

„Dafür kommt ein Glücksmoment ins Spiel."

„Meistens sind die Angebote offenbar vor dem Countdown gemacht."

„Irgendeine Ahnung, wer die Auktion gestartet hat und durchführt?"

„Nein."

„Können es deine Experten herausfinden?"

„Sie sind nicht sehr optimistisch. Solche Auktionen sind gut gesichert. Die Beteiligten legen Wert auf Anonymität."

„Wie viele Bieter?"

„Bisher vier."

„Weiß man, wer dahintersteckt?"

„Aus den Namen der Bieter lässt sich nichts ableiten. Joe, Joe52, Jane, Beer."

„Hm."

„Fünf Tage, Lozen."

„Warum rufst du mich eigentlich an? Ist Miwa zu busy?"

„Sie mag dich nicht."

„Wie schade."

Sie legte auf.

„Doch ein Bier?", fragte die Frau, „hörte sich nicht nach einem guten Gespräch an."

„Würde gerne, aber ein anderes Mal."

„Alles klar."

Lozen nickte der Frau zu, stieg in den Wagen und fuhr los. Als sie auf dem Worchester Highway war, rief sie Joko Uwais an.

„Es gibt eine Versteigerung", sagte sie.

„Oh."

„Ich muss wissen, wer sie wo durchführt."

„Das ist nicht einfach."

„Ich gehe davon aus, dass solche illegalen Auktionen für dich nichts Neues sind."

„Natürlich nicht. Die gibt es laufend."

„Wirklich?"

„Yeah."

„Wer in D.C. macht so was?"

„Muss ich recherchieren."

„Okay."

Lozen hatte das Gefühl, dass Joko Uwais nicht sehr erpicht war, den Veranstalter zu finden.

„Ich melde mich", sagte er.

„Thanx."

„Hey, dafür bezahlst du mich."

Er legte auf.

Lozen schickte eine Nachricht an Shostakov: „In rund drei Stunden hast du das Geld."

„Kein Umweg über Afrika?", lautete die Antwort. Sie schickte ein lachendes Emoji zurück.

29.

Als sie die Billardhalle betrat und auf Chen zuging, der auf seinem Stuhl saß, bemerkte sie einen hünenhaften glatzköpfigen Afroamerikaner, der ein weites T-Shirt und eine Trainingshose trug. Er musterte sie misstrauisch und schob seine rechte Hand unters Shirt. Warchoi knurrte.

„Hey, Chen, seit wann brauchst du einen Bodyguard?", sagte sie.

Der grinste und machte eine beschwichtigende Geste Richtung des Hünen.

„Wir haben gerade ein kleines Problem."

„Er sieht nach einer großen Lösung aus", sagte sie und zeigte auf den Bodyguard.

„Was kann ich für dich tun?"

„Ich brauche Hilfe. Es geht um eine illegale Versteigerung."

„Davon werden einige veranstaltet."

„Das habe ich gehört. Diese ist speziell. Ich suche den Auktionator."

„Den Auktionator? Schwierig. Die Typen stehen auf Geheimhaltung."

„Ist klar."

„Lass uns das mit Jack besprechen."

Sie gingen durch die Halle auf eine grüne Tür aus Metall zu, über der eine Kamera hing. Als Chen die Klinke griff, ertönte ein Summer. Er drückte die Tür auf und sie betraten einen spärlich beleuchteten Flur. Am Ende war wieder eine Metalltür mit Kamera, wieder wurde ein Summer betätigt, als Chen die Klinke packte.

Er öffnete die Tür und sie kamen in einen Raum mit einem gelangweilten Haudrauf, der ihnen zunickte. Durch eine weitere Tür gelangten sie ins Büro, in dem Monitore hingen, auf denen Bilder von Überwachungskameras liefen. Auf einem sah sie den Haudrauf, auf einem die Straße vor der Billardhalle. Gegenüber den Monitoren befand sich ein Schreibtisch aus Metall. Hinter dem saß ein Kerl in Tanktop und Jeans, mit modischer Kurzhaarfrisur, Dreitagebart und Lachfalten im Gesicht, dessen Arme komplett tätowiert waren. Er hatte eine frische Schnittwunde auf der Stirn. Vor ihm stand ein Laptop.

„Hey, Lozen."

„Jack."

Warchoi knurrte ihn an. Die beiden hatten sich noch nie gemocht.

„Du hast immer noch diesen verdammten Hund."

„Einen Rakken."

„Wie auch immer."

Lozen gab Warchoi ein Zeichen und das Tier legte sich auf den Boden. Dabei ließ es Jack Cebulski nicht aus den Augen. Der stand auf, ging zu einem roten Kühlschrank im 1950er Design, holte drei Flaschen Bier heraus, die er Chen und Lozen zuwarf. Diese Werferei war eine Marotte von ihm. Chen und sie setzten sich aufs Ledersofa, das rechts neben dem Schreibtisch stand und hinter dem sich ein Fenster befand, vor dem eine zugezogene Jalousie hing, durch deren aufgestellte Lamellen die Sonne funkelte.

„Was können wir für dich tun?"

Sie erzählte von der Postbotin und der Auktion. Dabei ließ sie so gut wie nichts aus. Die Erfahrung hatte sie gelehrt, dass übertriebene Geheimniskrämerei zu nichts führte außer Misserfolg.

„Ein Kampfstoff? Kein Scheiß?", fragte Jack Cebulski.

„Leider nicht."

„Danke, dass du mit offenen Karten spielst", sagte Chen.

Sie nickte.

„Menschen, die mit so was handeln, sind der letzte Dreck."

„Kennt ihr euch mit diesen Auktionen aus?"

„Chen schon", sagte Jack Cebulski.

Der Afroamerikaner nickte.

„Hab früher selber welche veranstaltet", sagte er.

„Was jetzt?", fragte sie.

„Mitzubieten wird schwierig", sagte Chen.

„Das weiß ich schon. Könnt ihr herausfinden, wer die Versteigerung veranstaltet?", fragte sie.

„Hängt vom Anbieter ab. Da die Postbotin von hier ist, gehe ich davon aus, dass es ein regionaler Veranstalter ist und die Übergabe in der Stadt stattfinden wird."

Das klang klarer und zuversichtlicher als bei Joko Uwais, dachte sie. Deshalb war sie gekommen. Sie glaubte, er hielt Informationen zurück.

„Ich frage mich was", sagte Jack Cebulski. „Es gibt ja da diesen Schlüssel. Wie kann die Partei, die ihn ersteigert, sicherstellen, dass Ageng nicht weitere macht und verkauft? Die Kampfstoffformel zu kopieren ist ja kein Problem."

„Wenn ich es richtig verstanden habe, ist es die Aufgabe des Auktionators, sicherzustellen, dass alles mit rechten Dingen zugeht", sagte Lozen.

„Das ist letztendlich der zentrale Teil seines Jobs. Bei Vorgängen dieser Größenordnung wird er darauf bestehen, dass der Verkäufer sich offenbart und der Schlüssel funktioniert", sagte Chen.

„Hm."

„Das System bietet natürlich keine hundertprozentige Sicherheit."

„Natürlich", sagte sie ironisch.

„Irgendetwas, was uns helfen könnte?"

Sie holte ein Laptop aus dem Rucksack, das sie ihm reichte.

„Der Rechner des chinesischen Geheimagenten", sagte sie.

Johnnie To war am Vorabend bei Jing Uen eingebrochen, hatte ihr beim Frühstück davon erzählt und das Laptop übergeben.

„Wir sind keine Computerfreaks", sagte Chen.

„Ich weiß. Aber vielleicht kennt ihr welche."

Joko Uwais vertraute sie nicht mehr.

„Wie schätzt du diesen chinesischen Agenten ein?", fragte Jack Cebulski.

„Ein Profi. Nicht ganz sauber."

„Wie kommst du drauf?"

„In seiner Wohnung gab es Koks und Armbanduhren von Pollock. Jede 20.000 wert. Und die Schränke waren voller Hemden und Anzüge von Tamaki."

„Der Modefirma?", fragte Chen.

„Ja. Jeder Anzug kostet um die 3000 Dollar."

Das hatte ihr Johnnie To gesagt, der die Uhren und Anzüge mitgenommen hatte, damit es wie ein echter

Einbruch aussah. Außerdem konnte er sie zu Geld machen.

„Sehr viele Luxusgüter für einen Angestellten des chinesischen Staates."

„Yeah."

„Bist du bei dem Chinesen eingebrochen?"

„Ist das wichtig?"

„Nein."

„Dachte ich mir."

„Wir haben nun zwei Aufträge von dir."

„Ich bin mir sicher, dass es nicht billig wird."

30.

„Das ist sie", rief Johnnie To, der mit Lionel und Warchoi auf Lozen zukam, die am Oktagon stand und sich die Hände bandagierte, während im Käfig zwei Kerle ohne viel Können, aber mit viel Enthusiasmus aufeinander einschlugen.

„Was macht ihr hier?"

„Du hast so viel von deiner heutigen Gegnerin erzählt."

„Was? Hab ich nicht."

„Doch, hast du."

„Ihr habt euch noch nie einen Kampf live angesehen."

„Wir hatten das Gefühl, du wolltest das nicht", sagte Lionel.

„Was ist heute anders?"

Johnnie To grinste sie an.

„Wo ist die Bitch, gegen die es geht?"

Lozen zeigte auf die andere Seite des Oktagons, wo die bullige Tracy March, die ihre roten Haare zu Dreadlocks geflochten hatte und deren sommersprossiges Gesicht vor Vaseline glänzte, in grauem Sport-

BH und orange glänzenden Thai-Box-Shorts stand. Lozen hatte ins Publikum geschaut, aber Jack Heck nicht entdecken können.

„Sieht gefährlich aus."

„Ist sie."

Auf der Busfahrt hatte sie sich auf BeCuul Kämpfe ihrer Gegnerin angeschaut. Sie war fies, flexibel, mit guten Kicks, aber etwas lässiger Deckung, was sich bemerkbar machte, wenn sie über die Runden gehen musste. Die Schwäche war ihre Einstellung. Wenn sie zu viel einsteckte, wurde sie wütend, vergaß Technik und Strategie und verhielt sich wie eine Kneipen-schlägerin.

„Hast du sie schon kennengelernt?"

„Sie ist eine dumme Schlampe."

Gene Montclare hatte sie einander vorgestellt und Tracy March hatte klargemacht, was Sache war.

„Das wird dein Sand Creek, Pocahontas", waren ihre Begrüßungsworte gewesen, mit denen sie auf ein Massaker an den Cheyenne und Arapaho durch die US-Armee im neunzehnten Jahrhundert anspielte.

„Ich sehe hier eher Little Big Horn, Custer."

Die Ex-Navy-Seal hatte ihr ins Gesicht gespuckt.

„Was für eine Idiotin", sagte Lionel, als Lozen die Geschichte erzählt hatte.

„Yeah."

„Hau sie weg", sagte Johnnie To.

„Ich versuch es."

„Wir gehen. Damit du dich konzentrieren kannst."

„Ich nehme an, du willst keinen Kuss, oder?", fragte Lionel.

„Bloß nicht", sagte Lozen grinsend und haute ihm auf den Hintern.

Johnnie To und Lionel gingen zum Bierstand. Lozen sah wieder zu ihrer Gegnerin, die sich warm machte und bereits schwitzte.

Ein Jubelschrei kam aus dem Ring. Einer der Kämpfer lag am Boden, die Anhänger des Siegers außerhalb des Oktagons applaudierten. Kurz darauf stand Lozen im Ring. Tracy March machte mit der Hand eine Geste, als würde sie mit einer Pistole auf sie anlegen und schießen. Der Schiedsrichter mit den in zwei Zöpfe geteilten Bart erklärte die Regeln, dann ging der Kampf los. Wie erwartet, war Tracy March schnell und kickte viel. Das meiste konnte Lozen abwehren.

Sie verhielt sich defensiv. Ab und zu eine Schlag-kombination oder einen Low Kick aufs vordere Bein, um der Gegnerin das Tempo zu nehmen, das wars. Sie wartete. Bis Tracy March langsamer wurde. Dann ging Lozen nach vorne und trat das Standbein weg, Tracy March fiel zu Boden. Lozen sprang hinterher, rammte ihr das Knie in die Rippen und gab ihr Hammer-Fists auf den Kopf. Tracy March versuchte sie zu packen und in einen Bodenkampf zu verwickeln, aber das wollte Lozen nicht. Sie sprang weg. Als ihre Gegnerin aufstand, verpasste sie ihr einen Sidekick gegen den Kopf, der sie durchrüttelte. Tracy March wurde wütend und attackierte. Lozen schlug eine Links-rechts-links-Kombination. Die zweite Linke kam durch. Lozen glitt nach vorne und verpasste Tracy March zwei Ellbogen gegen Kopf. Sie fiel ohnmächtig zu Boden.

Es war einfacher gewesen als erwartet, dachte Lozen, als sie den Jubel von Johnnie To und Lionel hörte. Der Schiedsrichter und ein tätowierter Glatzkopf ka-men in den Ring. Der Glatzkopf kniete sich neben die ohnmächtige Tracy March. Wenn Jack Heck da wäre, würde er jetzt im Oktagon sein, dachte Lozen. Sie verließ den Ring, zog die Handschuhe aus, rieb sich mit einem Handtuch ab, leerte eine Literflasche Wasser und löste die Bandagen an ihren Händen.

„Sie war gut, aber nicht sehr gut", sagte Gene Montclare, der kam, um ihr Geld und Gewinn zu geben.

„Würde sie ihr Temperament kontrollieren und an der Deckung arbeiten, hättest du eine Championista."

„Championista? Sagt man das heute so?"

„Keine Ahnung. Ist ein gutes Wort."

„Yeah, Señorita."

Er gab ihr das Geld.

„Kennst du eigentlich ihren Bruder?", fragte sie.

„Jack? Einmal begegnet. Clever, irgendwie unheimlich."

„Hm."

Gene Montclare rieb sich die Nase.

„Du bist jetzt im Finale."

„Wirklich? Schon?"

„Yeah."

„Weißt du schon, wer mein Gegner sein wird?"

„Ein Latino. Wenn er heute Abend gewinnt. Was mehr als wahrscheinlich ist."

180

Er zeigte ihr ein Foto auf dem Telefon. Ein Typ mit langen geflochtenen Haaren, die rot gefärbt waren, um die achtzig Kilo.

„Sieht süß aus."

„Wenn du bleibst, kannst du ihn kämpfen sehen."

Lozen steckte das Geld in den Rucksack, zog die schwarze Trainingshose über und ging zu ihren Freunden, die es sich in Liegestühlen bequem gemacht hatten. Lozen setzte sich im Schneidersitz auf den Boden. Sie fand es seltsam, mit ihnen zusammenzusitzen. Nach Kämpfen war sie gerne allein. Sie war kein Gruppenmensch, Freunde hatte sie nie viele gehabt. Wahrscheinlich war Johnnie To schuld, dachte sie, er war der gesellige Typ. Lionel hielt ihr einen Vaporizer mit Hasch hin, Johnnie To eine Whiskeyflasche. Sie nahm beides, nippte erst, dann inhalierte sie zwei tiefe Züge.

„Warum hast du so lange gebraucht?", fragte Johnnie To.

„Sie war nicht schlecht."

„Du lässt nach."

Lozen nahm wieder einen Schluck, dann einen Zug.

„Wir haben einen Vorsprung", sagte Lionel.

„Nicht mehr lange. Habt ihr Bier?"

Lionel gab ihr eine Flasche. Lozen spürte schon die Wirkung vom Vaporizer und dem Whiskey.

„Keine neuen Narben", sagte er.

„Tut mir leid."

„Mir auch."

„Was soll das heißen?"

„Ein Scherz."

„Für die bin ich zuständig."

„Ich wollte dich entlasten."

Lozen leerte die Bierflasche und Lionel reichte ihr eine neue.

„Da, der nächste Kampf beginnt."

Lozen sah zum Oktagon. Tracy March saß mit dem Glatzkopf am Rand. Im Käfig stand ein Muskelberg, der locker hüpfte, ihm gegenüber der Latino, schlank, durchtrainiert, ein Wolfstattoo auf dem Rücken.

„Darf ich mich dazusetzen?", fragte jemand.

Lozen schaute hoch. Harvey Farossi stand vor ihr.

„Was machst du hier?"

„Hey, bleib cool, ich komme ab und zu hierher."

Lozen sagte nichts.

„Ich habe ein Gastgeschenk."

Er zeigte eine Flasche Whiskey. Teurer Stoff aus Japan.

„Damit erkaufst du dir einen Sitzplatz, Harv."

Er setzte sich, wegen seines Beines ungelenk, neben Lozen auf den Boden.

„Liebe Leute, dies ist Harvey Farossi. Berater des Präsidenten und mein aktueller Auftraggeber."

„Wow", sagte Johnnie To ernsthaft beeindruckt.

„Woher kennt ihr euch?", fragte Lionel.

„Von den Anonymen Alkoholikern", sagte Harvey Farossi.

„Du warst bei den Anonymen Alkoholikern?", fragte Lionel Lozen.

„Ja, aber es war eine blöde Idee."

„Für uns beide", sagte Harvey Farossi, der die Flasche öffnete, einen Schluck nahm und sie Lozen reichte.

„Auf die Anonymen."

„Auf die Anonymen."

Sie trank.

„Diese March war nicht schlecht", sagte Harvey Farossi.

„War sie nicht."

Lozen nahm einen weiteren Schluck und gab die Flasche Johnnie To. Währenddessen nahm der Latino den Muskelberg in einen Würgegriff, bis er ohnmächtig wurde.

31.

Am späten Nachmittag wachte Lozen mit Kopf-
schmerzen und einem irrsinnigen Durst auf. Sie
schaute neben sich. Lionel war schon aufgestanden.
Sie richtete sich mühsam auf. Der Abend war ausge-
ufert. Nach Ende der Kämpfe waren sie in Harvey
Farossis Limousine nach D.C. reingefahren und hatten
in Georgetown-Bars, in die Lozen sonst nie reingegangen wäre, weitergetrunken. Erst gegen Morgen-
grauen waren sie wieder zu Hause gewesen.

Lozen ging aufs Klo, putzte die Zähne, zog Sportklamotten an, ging runter, wo sie Johnnie To, Lionel und
Warchoi auf der Veranda sitzen sah. Ihr war nicht
nach Kommunikation zumute und sie ging joggen. Als
sie nach knapp anderthalb Stunden zurückkam, fühlte
sie sich besser. Johnnie To und Lionel saßen nach wie
vor auf der Veranda, allerdings waren sie eingeschlafen.

Als sie in ihr Zimmer kam, lag dort Warchoi, der sie freudig begrüßte. Lozen zog sich aus, duschte, zog Shorts und ein schwarzes Tanktop an, warf die Sportklamotten in die Waschmaschine im Keller und machte sich ein Frühstück, das sie bei einem Spielfilm über einen Soziopathen aß, der das Gedächtnis eines ermordeten US-Agenten implantiert bekam. Danach schlief sie ein. Als sie aufwachte, fühlte sie sich gut. Sie schaute auf die Veranda. Johnnie To und Lionel waren nicht mehr da. Sie schaute in die jeweiligen Schlafzimmer, wo sie die beiden entdeckte. Sie ging zurück ins Wohnzimmer, holte das Laptop aus dem Rucksack und ging auf Jack Hecks BeCuul-Account. Sie schaute sich die Posts an, die sie bereits kannte. Aber es musste mehr über ihn geben. Wenn er Kontakt zu den toten Typen gehabt hatte, war er nicht der durchschnittliche Grayson. Sie scrollte. Bilder vom Schießstand, vom Gottesdienst, von Tracy March, sie entdeckte nichts Auffälliges. Vielleicht über die Schwester, dachte sie.

Sie suchte nach dem Account von Tracy March und fand ihn auf BeCuul. Ihre Posts zeigten sie bei den

Navy Seals, bei ihren Kämpfen und beim Schießtraining auf irgendwelchen illegal aussehenden Anlagen im Wald. Es gab Reposts von anderen Personen, in denen Politiker beider Parteien, jüdische Unternehmer, Imame und katholische Würdenträger beschimpft wurden, in denen die Frauenrolle als Kämpferin und Mutter beschrieben wurde, wobei die Vermehrung der weißen Rasse klar Priorität hatte. Außerdem outete sich Tracy March als Fan eines Typen, der vor Kurzem versucht hatte, eine abtreibungsfreundliche Bundesrichterin zu töten, aber ihre Tochter antraf und die erschoss. Wie der Typ glaubte Tracy March, dass Präsident Adam A. Kettle einen Putsch plante, um die USA in eine Diktatur zu verwandeln. Die Theorie klang nach Unsinn aus dem Drehbuch eines B-Movies, dachte Lozen deprimiert.

Sie suchte weiter und stieß auf Fotos, auf denen Tracy March eine Maske der Horde in der Hand hielt, dann auf Posts und Videos, wie sie vor einem Jahr mit anderen Mitgliedern der Horde ein Obdachlosenlager am Rande von D.C. durchkämmt hatte, weil sie glaubten, dass eine mexikanische Firma Kinder in einem unter-

irdischen Bunker festhielt, um sie sexuell zu miss-
brauchen. Die Horde blieb drei Tage in dem Lager
und übertrug die Aktion via Livestream auf LukOut
und BeCuul. Lozen schaute im Internet, wie die Sache
ausgegangen war. Die Polizei war gekommen, hatte
die Horde aus dem Lager getrieben und keine Spur
von einem unterirdischen Bunker und misshandelten
Kindern gefunden. Dafür waren sie auf Obdachlose
gestoßen, die von der Horde verprügelt worden waren.
Tracy March nannte das in ihren Posts eine Lüge.

Die Welt war ein Irrenhaus, dachte Lozen, machte
eine Pause, kochte einen Kaffee, nahm ihn und das
Laptop und setzte sich auf die Veranda. Die Hitze war
drückend. Sie begann zu schwitzen. Jemand in der
Nachbarschaft spielte auf einer Gitarre und sang dazu.
Ein alter Song. „Ich war an vielen Orten während
meines Lebens und habe viele Lieder gesungen", sang
der Sänger. Schön sentimental, dachte sie.

Lozen öffnete die Internet-Enzyklopädie LaiLai und
gab den Suchbegriff „Horde" ein. Überrascht stellte
sie fest, dass sie es mittlerweile in mehreren größeren

Städten der USA gab. Der Rest waren Fakten, die sie bereits kannte: Die Gruppe war nicht greifbar, weil es kein Gesicht gab, das für die Horde sprach. In letzter Zeit hatte eine Gruppe, die sich die Goldene Horde nannte, von sich reden gemacht, weil sie brutaler vorging und Menschen umgebracht hatte. Ihre Masken unterschieden sich von denen der Horde durch einen goldenen Punkt auf der Stirn.

Lozen schaute sich die Likes und Kommentare der Posts von Tracy March an. Rund ein Dutzend Account-Namen tauchte wiederholt auf. Ihr fiel auf, dass Jack Heck nicht darunter war. Dass die Geschwister Kontakt hatten, bewiesen die Bilder auf seinem Account. Sie suchte weiter und fand eine Reaktion von Tracy March auf einen Kommentar eines Users namens Hazard, die lautete: „Ein Glück, dass das unsere Eltern nicht mehr erleben müssen." Kurz darauf fand sie eine weitere Reaktion auf Hazard, die das Wort „Bruder" beinhaltete. Sie öffnete den Account von Hazard. Bingo. Das dritte Foto zeigte die Geschwister mit Masken der Horde in der Hand. Hazard war ein Alias von Jack Heck.

Sie durchsuchte den Account. Als Hazard war Jack Heck Mitglied einer Gruppe, die sich World War Man nannte. Die kannte Lozen, weil gerade diskutiert wurde, ob LukOut und BeCuul einer solchen Gruppe eine Plattform bieten dürften. World War Man war ein Treffpunkt für Typen, die Feminismus für die größte Bedrohung der USA seit dem Zweiten Weltkrieg hielten. Amüsiert las Lozen einen Post, in dem jemand die Rollenverteilung in Star City als ungerecht beklagte, weil männliche Helden grundsätzlich weniger clever als die Frauen wären.

Sie suchte weiter und kam zu einer zweiten Gruppe, in der Jack Heck Mitglied war. Sie nannte sich US Patriots. Anders als World War Man gab es einen gesperrten Bereich, für den man eine Zugangserlaubnis benötigte, die man über einen Button beantragen konnte. Aber der öffentliche Bereich reichte. Mehrere Mitglieder gehörten zur Patriot Nation, eine drogendealende, rechte Motorradgang in South Dakota, mit der Lozen in der Vergangenheit zu tun gehabt hatte und die was gegen Indigene, Juden, Schwarze, Asiaten, eigentlich gegen alle hatte, die nicht weiß, christlich und heterosexuell waren.

Jack Heck war also ein Extremist, der sein wahres Gesicht verschleierte, dachte sie und schaute sich ein paar der Kommentare zu Hazards Post an. Da tauchte auch Chip Spicer alias StillRage auf, den sie bereits von Jack Hecks offiziellem BeCuul-Account kannte. Sie ging auf dessen Account, fand Fotos von einem Laden, dessen Schaufenster mit Backwaren gefüllt war, Aufnahmen von Waffen, Doughnuts und Fotomontagen, die ihn und eine Frau mit rechten Größen aus der Geschichte zeigten. Aus den Postingtexten und Kommentaren konnte sie schließen, dass Spicer sein Nachname war. Sie öffnete die FBI-Datenbank. Laut der war Chip Spicer wegen Herstellung und Verkauf von Meth im Knast gewesen.

Lozen stand auf, ging in die Küche, holte sich eine Flasche Weißwein und ein Glas und setzte sich wieder auf die Veranda. Als sie das Glas füllte, kam Lionel verschlafen nach draußen.

„Ich versteh schon, warum du bei den Anonymen warst", sagte er.

Sie reichte ihm das Glas und er nippte dran.

„Schmeckt schon wieder", sagte er, gab ihr einen feuchten Weinkuss und ließ sich neben sie auf die Bank fallen.

„Mann, ist es heute heiß."

„Yeah."

Ein Rotkelchen landet im Garten und machte ein paar Schritte.

„Was machst du?", fragte Lionel.

„Recherche."

„Worüber?"

„Die Horde."

„Ein Haufen Spinner."

„Gefährliche Spinner."

„Sie setzen ab und zu Autos und Supermärkte in Brand. Was ist daran gefährlich?"

Lozen erzählte es.

„Kranker Scheiß", sagte er.

Lionel trank einen weiteren Schluck aus dem Weinglas.

„Schmeckt wirklich schon wieder."

Lozen füllte nach und nahm einen Schluck.

„Sind die verrückt genug, Kampfstoff einzusetzen?",
fragte Lionel.

„Einige sicher."

Sie trank einen weiteren Schluck.

„Hat die Gruppe genug Geld, um bei der Auktion
erfolgreich zu sein?"

„Ich weiß von einem früheren Fall, dass eine Milliar-
därsfamilie die Horde finanziell unterstützt hat."

„Scary."

Lozen wischte sich den Schweiß von der Stirn. Aus
dem Augenwinkel sah sie, wie das Rotkelchen wegflog.

„Wo ist eigentlich Johnnie?", fragte sie.

„Er hat ein Date."

„Ein Date?"

„Yeah. Irgendein Barbesitzer, den er vergangene
Nacht in Georgetown kennengelernt hat."

„Johnnie ist so nicht Georgetown."

„Wo die Liebe hinfällt."

„Was soll das heißen?"

„Ein Tätowierer und eine Totschlägerin sind auch
nicht das naheliegendste Paar."

„Totschlägerin?"

„Komm schon."

„Ich bin keine Totschlägerin."

„Warst du mit diesem Farossi eigentlich mal im Bett?"

„Was? Wie kommst du darauf?"

„Weiß nicht. Ein Gefühl."

„Gefühle täuschen."

„Also ja."

„Schenk nach und besorg dir ein eigenes Glas."

32.

Lozen schaute von der Theke des Plex zu, wie Jonnnie
To und Lionel auf der Tanzfläche performten. „Ge-
wohnheiten sind schwierig, meine Geduld ist am Ende, ich will in Zeiten leben, die mich berühren, ich
will bleiben, wenn mein Temperament zuschlägt",
sang die asiatische Sängerin auf der Bühne. Warchoi
knurrte. Joko Uwais kam auf sie zu und setzte sich.

„Dein Hund mag mich nicht."

„Er ist ein Rakken."

„Ich steh auf Popkulturreferenzen."

Die Barkeeperin fragte nach ihren Wünschen und sie
bestellten zwei Whiskey.

„Warum wolltest du dieses Treffen?", fragte er.

Chen hatte eine Nachricht geschickt. Er hatte heraus-
gefunden, wer der Veranstalter der Auktion war. Ein
Typ, der unter dem Namen The Broker im District of
Columbia und in den benachbarten Bundesstaaten
Maryland und Virginia arbeitete. Den bürgerlichen
Namen und seinen Wohnort kannte er nicht. Lozen
hatte ihn gefragt, ob es schwierig gewesen wäre, den

Veranstalter zu finden. Da er früher öfters mit illegalen Versteigerungen zu tun gehabt hätte, wäre es nicht so schwierig gewesen, weil es nicht viele Player gäbe. Aber für Außenstehende wäre es eine Herausforderung. Sie hatte gefragt, ob er Joko Uwais kennen würde, was er bejaht hatte. Die Antwort auf die Frage, ob der herausfinden könnte, wer der Auktionator war, war genauso eindeutig gewesen: auf jeden Fall. Joko Uwais wäre Teil der Szene.

„Wie gut kennst du den Broker?", fragte Lozen.

Joko Uwais sah sie überrascht an.

„Ich steh nicht drauf, verarscht zu werden", sagte sie.

Die Barkeeperin brachte die Whiskeys. Joko Uwais exte seinen, Lozen rührte ihren nicht an.

„Wer ist der Typ und wo finde ich ihn?"

Er sah sie an.

„Weiß ich nicht."

Lozen glaubte ihm nicht.

„Du hältst dich ab jetzt aus dieser Sache raus."

Er sah sie herausfordernd an.

„Soll ich jetzt ohnmächtig vor Angst umfallen?"

„Wenn du möchtest, gerne."

Lozen schaute auf die Uhr ihres Smartphones.

„Fakt ist: In deinem Appartement hier im Hotel ist eine Brandbombe. Sie geht in drei Minuten hoch. Um sie zu entschärfen, musst du die Zahlenkombination 1491 eingeben."

Joko Uwais sah ihr in die Augen, versuchte herauszufinden, ob sie bluffte.

„Die Frage ist, ob du es schaffst. Die Treppe runter, durch den vollen Club zum Fahrstuhl, einen Stock nach unten, zum Appartement laufen, die Brandbombe finden und entschärfen. Kleiner Tipp, sie liegt unter dem Bett."

„Du verarschst mich."

„Sicher", sagte sie grinsend.

Joko Uwais sprang vom Barhocker, rannte los, die Treppe runter, durch die Tanzenden. Er hatte keine Chance. Sie hatte gelogen. Die Brandbombe ging bereits in zwei Minuten hoch. Lozen ging runter zur Tanzfläche und rief dabei Harvey Farossi an.

„Hey, Lozen, das war eine Nacht. Deine Toyboys sind nett."

„Sie sind nicht meine Toyboys."

„Was immer du sagst. Gibt es einen Grund, dass du anrufst?"

Sie gab ihm ein Update über die Horde, Jack Heck und den Broker.

„Okay, ich gebe es weiter an Miwa. Seltsam, dass sie das nicht rausgefunden hat."

Sie beendete das Gespräch, holte Johnnie To und Lionel und führte sie zum Treppenhaus.

„Warum nehmen wir nicht den Fahrstuhl?", fragte Johnnie To.

„Feuer", sagte Lozen.

Als sie ein Stockwerk nach unten gegangen waren, ging der Alarm los. Als sie vor dem Hotel standen, sahen sie, dass Rauch aus einem der obersten Stockwerke kam.

„Du warst das", sagte Johnnie To zu Lozen.

„Wie kommst du darauf, dass sie es war?", fragte Lionel.

„Weißt du nicht, dass deine Freundin eine Pyromanin ist?"

„Was?"

„Hast du gedacht, wir sind im Plex, um deinen Abschied zu feiern?"

Lionel flog am Morgen nach Spanien. Feuerwehr und Ambulanzen erreichten das Bellhaven. Eine gute Reaktionszeit, dachte Lozen.

33.

„Bist du wirklich eine Pyromanin?", fragte Lionel.

Er, Johnnie To, Lozen und Warchoi saßen auf der Veranda, schauten in den Nachthimmel, kifften und tranken Weißwein.

„Ich mag Feuer."

„Sag ihm, was du schon alles abgefackelt hast. Er verdient die Wahrheit", sagte Johnnie To.

„Es gibt da keine Wahrheit."

„Sagst du."

„Arsch."

„Meiner ist super. Deiner übrigens auch."

Lozen trank einen Schluck Weißwein.

„Ich mag Feuer", sagte sie erneut.

„Was heißt das?", fragte Lionel.

„Es ist eine Waffe."

„Ha", sagte Johnnie To, „als wenn du es so rational einsetzt."

„Die Aktion heute Abend war gefährlich", sagte Lionel.

„Nope, war sie nicht. Der Brandsatz war klein, es gab Rauchmelder und ein Sprinklersystem. Gefahr für die anderen Hotelgäste bestand nicht."

„Eigentlich ist Feuer deine einzige Leidenschaft", sagte Johnnie To.

Das Blöde war, dachte Lozen, dass er recht hatte. Sie liebte das Feuer, die orange-gelben Flammen, ihre Bewegungen, den Geruch, es gab nichts Schöneres, was mehr befriedigte, reinigte, nicht Zerstörerischeres.

„Die Aktion hatte einen Zweck. Ich wollte Joko Angst machen."

Es klingelte.

„Erwartest du jemand?", fragte Johnnie To Lozen.

„Nope."

Sie stand auf, ging zur Haustür und öffnete. Vor der Tür stand ein glatzköpfiger Kerl mit grimmigem Gesichtsausdruck und schwarzen Tattoos auf dem Schädel, den Wangen und dem Hals, die nichts Erkennbares darstellten. Er trug einen schwarzen Mantel, darunter ein schwarzes T-Shirt und eine schwarze Lederweste, eine schwarze Lederhose und schwarze Stiefel. Viel zu viel Klamotten für die Temperaturen, dachte Lozen, aber er schwitzte unheimlicherweise nicht. Er erinnerte sie an Tarantula, den schwarz gekleideten Serienkiller aus dem gleichnamigen Slasherfilm-Franchise, der mit einer Sichel Leute umbrachte, eine schwarze Maske ohne Augenlöcher mit grauen geschwungenen Streifen trug und stets am dritten November in Jahren mit gerader Jahreszahl erschien.

„Ihnen öffnen nicht viele Leute die Tür, oder?", fragte sie.

„Stimmt."

Er hatte eine tiefe, angenehme Stimme und sprach mit kalifornischem Akzent.

„Dachte ich mir."

„Ich werde nicht geschickt, damit man mich mit offenen Armen empfängt."

„Nicht? Ich mag Ihren Look."

„Danke. Das höre ich selten."

„Was kann ich für Sie tun?"

„Sie suchen den Broker."

Keine Frage, eine Feststellung, bemerkte Lozen.

„Sagt wer?", fragte sie.

„Der Broker mag das nicht", sagte er.

„Verstehe."

„Wirklich?"

„Absolut."

„Das ist gut."

„Ich würde den Broker trotzdem gerne treffen."

Tarantula sah sie an und verzog den Mund.

„Der Broker trifft niemanden."

„Da führt er aber ein einsames Leben."

Tarantula verzog erneut den Mund.

„Sagen Sie ihm, dass ich nichts von ihm will und nur über seine aktuelle Auktion sprechen möchte."

„So was tut er nicht."

„Fragen Sie ihn."

„Wozu?"

„Diese Auktion ist anders. Die Geheimdienste suchen ihn bereits."

„Sie werden nicht aufhören, oder?"

„Nein, natürlich nicht."

Tarantula drehte sich um und ging, leicht nach vorne gebeugt, mit seltsam steifen Schritten durch den Garten. Er kam Lozen wie die Inkarnation des Todes vor. Fast hätte sie damit gerechnet, dass die Pflanzen, an denen er vorbeikam, verdorrten, aber nichts passierte. Sie überlegte, wie der Broker von ihr erfahren haben konnte, und kam zum Schluss, dass es Joko Uwais gewesen sein musste. Vor dem Brand, glaubte sie, weil er nicht der Typ war, der einen Angriff mit einem Gegenangriff beantwortete. Lozen ging zurück ins Haus und rief bei Chen an.

„Lozen, du scheinst ohne uns nicht leben zu können."

„Yeah. Ich denke darüber nach, euch zu adoptieren."

„Wie schön."

„Nicht wahr?"

„Rufst du wegen des Rechners von dem Chinesen an? Da hab ich keine guten Nachrichten. Es gibt eine Verschlüsselung, die nicht zu knacken ist."

„Das ist schlecht, aber es geht um was anderes."

„Nämlich?"

„Kennst du einen Glatzkopf, schwarz gekleidet, Tattoos im Gesicht, wirkt unheimlich."

„Wie Tarantula aus den Slasher-Flicks?"

„Yeah."

„Mit dem willst du keinen Ärger."

„Wer ist er?"

„Ein Totschläger. Ein echt guter."

„Er arbeitet für den Broker."

„Woher weißt du das? Hat das was mit der Postbotin zu tun?"

„Hat es."

„Hm."

„Hm?"

„Pichetshote ist gefährlich."

„Pichetshote?"

„Dave Pichetshote, Tarantulas Name. Amerikaner mit thailändischen Wurzeln. Wie du ist er bei Butterfly-fight."

„Da scheinen sich alle Psychos zu treffen."

„Das hast du gesagt."

34.

Lozen, die auf dem Weg zum Gym war, fand in der Metro schnell einen Platz gegenüber einem Typen, der eine lebensgroße Gummipuppe auf seinem Schoß hatte. Sie rief Gene Montclare an, der sie Sekunden später zurückrief, nachdem sie auf seine Mailbox gesprochen hatte.

„Dee, was kann ich für dich tun?"

„Ich will nach der Championship einen Kampf gegen Dave Pichetshote."

Schweigen.

„Gene, hast du mich gehört?"

„Bist du sicher?"

„Ja, bin ich. Wieso?"

„Der Typ ist unheimlich."

„Du glaubst, ich schaff ihn nicht."

Keine Antwort.

„Ich meine es ernst", sagte sie.

„Ich auch."

Die Metro hielt und der Typ mit der Gummipuppe stieg aus. Lozen legte auf. Natürlich war ein Kampf nach dem Titelfight zu spät, weil dann die Auktion vorbei war, aber darum ging es nicht. Sie wollte Tarantula und seinem Auftraggeber mit dem Kampfangebot deutlich machen, dass sie sich nicht einschüchtern ließ. Sie ging ins Internet und fand einen Kampf von Tarantula gegen einen Zweihundertvierzig-Pfund-Boxer. Obwohl er mindestens sechzig Pfund leichter war, nahm ihn Tarantula auseinander. Nicht nur, weil er schneller, technisch besser und vielseitiger war, sondern weil er von vornherein auf die Zerstörung des Gegners aus war. Gene Montclare hatte recht, im Ring hatte sie keine Chance.

35.

Ein harter Rapsong lief. Es war die fünfte Sparring-
runde und Lozen spürte, wie sie müde wurde. Ihr Gegenüber leider nicht. Sie kämpfte mit Eric. Die Hitze
machte beiden zu schaffen, weil die Lüftung erneut
den Geist aufgegeben hatte. Er schlug Jab, Cross, Jab,
dann ein Lowkick, der sie auf dem Oberschenkel traf.

„Du solltest auf den Tritt reagieren", sagte er undeut-
lich, weil der Mundschutz eine genaue Aussprache
unmöglich machte.

Er schlug eine linke und eine rechte Grade, die sie
abwehrte, an ihn heranglitt, gegen das Oktagon drückte, mit Kettenfaustschlägen auf sein Gesicht schlug,
woraufhin er in die Doppeldeckung ging, die sie mit
dem linken Ellbogen sprengte und ihn damit durchrüttelte. Er stieß sie weg und trat ihr in den Bauch.

„Gotcha", sagte er.

„Glück", sagte sie grinsend.

Ein Gong aus dem Smartphone von Eric ertönte. Die
letzte Runde des Sparrings war vorbei. Sie gaben sich
den Faustgruß. Lozen lehnte sich in die Ringseile, zog

die Boxhandschuhe aus und nahm den Mundschutz heraus.

„Gute Arbeit", sagte Eric.

„Thanx."

Im Augenwinkel sah Lozen eine Gestalt am Eingang. Es war Jing Uen, der Jeans und ein weißes Leinenhemd trug und ihr zuwinkte.

„Dein Typ?", fragte Eric.

„Nope. Kenn ihn vom Job her."

Lozen kletterte aus dem Ring und ging durch die Bereiche für Krafttraining und Brazilian Jiu-Jitsu zum chinesischen Agenten.

„Nicht schlecht, Ms. Freeman", sagte er, als sie vor ihm stand, und zeigte dabei auf den Ring. Er wirkte blass und übermüdet.

„Training."

„Vernachlässige ich leider in letzter Zeit."

„Hm."

„Der Typ im Ring hätte in einem wirklichen Kampf keine Chance gegen Sie."

„Was ist ein wirklicher Kampf?"

„Auf Leben und Tod."

Jing Uen lächelte sie an und Lozen fiel auf, wie weiß seine Zähne und wie dunkel die Ränder unter seinen Augen waren. Ein charmanter Kontrast.

„Ich mag Sie", sagte er.

„Was wird das? Eine Einladung zum Abendessen?"
Er lachte.

„Duschen Sie, ziehen Sie sich um und dann besprechen wir es."

Er schenkte ihr ein müdes Lächeln und verließ das Gym. Lozen hatte ein schlechtes Gefühl. Sie ging in die Umkleide, holte aus dem Spind eine Wasserflasche, trank sie aus, zog sich aus, duschte, zog ein schwarzes Tanktop, Cargohose und Stiefel an, nahm ihre Sporttasche, verabschiedete sich von Eric, ging aus dem Gym, die Treppen hinunter ins Erdgeschoss. Als sie aus dem Gebäude trat, traf sie die Hitze wie ein Faustschlag. Sie begann sofort wieder zu schwitzen. Gegenüber stand ein leicht verbeulter roter Wagen, an dem der chinesische Agent lässig lehnte. Er war ein Poser wie Harvey Farossi, dachte sie.

„Steigen Sie ein."

Er öffnete die Beifahrertür, sie stieg ein, bemerkte den Human-Resources-Typen auf der Rückbank, nickte ihm zu, warf die Sporttasche neben ihn und schnallte sich an. Es war angenehm kühl im Wagen und roch nach dem Parfüm des Chinesen. Jing Uen setzte sich hinters Steuer, schnallte sich nicht an, startete den Wagen und fuhr los. Als sie die Interstate 495 erreichten, stellte er Musik an. Eine chinesische Schnulze.

„Cantopop", sagte Lozen.

„Nicht Ihr Ding?"

„Ich stehe auf Kitsch."

Er grinste. Sie überholten einen Truck und fuhren unter zwei Brücken durch.

„Was wollen Sie?"

„Lozen Graham. US Army, Scharfschützin, Ermittlerin beim CID, Gründerin von Graham Security, angeklagt wegen Mordes, offiziell tot."

„Warum erzählen Sie von der Frau?", fragte Lozen, obwohl sie wusste, worauf es hinauslief.

„Ms. Graham, lassen wir die Spielchen."

Sie überholten einen Metrobus. Lozen schwieg.

„Dee Freeman machte keinen Sinn", sagte Jing Uen, „ich habe recherchiert und geschaut, welche Freelancer Harvey Farossi früher wiederholt eingesetzt hat.

Da stieß ich auf eine Lozen Graham. Zwar tot, aber mit den notwendigen Fähigkeiten."

„Und Sie glauben an die Wiedergeburt?"

„Ich glaube, Sie haben die Lazarusgrube gefunden. Oben in den Bergen von Kata'a."

Er war clever und wusste offenbar viel über sie. In den Bergen von Kata'a befand sich das Kloster der Obwoi, einer weisen Ritterkaste in Star City. Er grinste.

„Aber im Ernst", sagte er, „in meinem Metier versuchen laufend Leute unterzutauchen. Und ich weiß, dass die nach einiger Zeit unvorsichtig werden. Deshalb hat sie wohl Farossi erwischt."

Lozen antwortete nicht. Sie passierten ein grünes Schild, das auf die direkte Ausfahrt nach South Washington und nach North Baltimore in einer Viertelmeile hinwies. Ein neuer Cantopopsong begann.

„Der hier ist kitschiger", sagte Jing Uen.

„Wie schön."

Eigentlich sollte sie Jing Uen nicht mit John Garvin, sondern Woo Sung Khan vergleichen. Der war ein fiktiver Schurke aus den Romanen des englischen Autors Todd Oliff, die dieser in den 1920ern geschrieben hatte. Die Figur war über neunzig Jahre lang in Kino, Fernsehen, Radio und Comics der Archetyp des bösen, kriminellen Genies und verrückten Wissenschaftlers mit asiatischen Wurzeln gewesen und wieder in aller Munde, weil der Schurke in einem neuen Kinofilm die Welt bedrohte und in den Feeds heftig diskutiert wurde, ob heutzutage eine Figur mit solchem Hintergrund noch benutzt werden dürfte und die chinesische Regierung die Filme des Hollywoodstudios aus den Kinos genommen und sich bei der US-Botschaft über die Veröffentlichung des Streifens beschwert hatte.

„Also, was können Sie berichten?"

Sie sah ihn an.

„Glauben Sie, es geht so einfach?"

„Ehrlich gesagt: ja."

„Sie sind ein charmanter Erpresser."

„Charmanter als Farossi?"

„Wie kommen Sie darauf, dass er charmant ist?"

Er lachte laut. Sie fuhren unter einer weiteren Brücke durch, vorbei an einem Cabrio mit Jugendlichen, die kaum etwas anhatten, Bier tranken und ihnen zuwinkten.

„Also, Ms. Graham?", fragte Jing Uen.

Lozen sah ihn an. Sie könnte auf die Bremse treten. Er würde gegen oder durch die Windschutzscheibe fliegen und sie wäre ihn los. Aber wenn er tot wäre, würde ein anderer kommen. Es war klüger, vorerst mit ihm weiterzumachen. Also erzählte Lozen von der Wohnung in Oxon Hill und der Goldenen Horde.

„Das ist nicht gut", sagte der chinesische Agent.

„Nein, ist es nicht. Zwei Supermächte und Verschwörungsspinner wollen den Kampfstoff und keiner von ihnen sollte ihn haben."

„Unser Land wird verantwortungsvoll damit umgehen", sagte der Human-Resources-Typ in einem Englisch mit starkem Akzent.

„Oh, Sie können sprechen."

Der Human-Resources-Typ sagte nichts.

„Wir sind uns noch nicht vorgestellt worden."

„Ich bin ein Kollege von Jing Uen."

„Wirklich? Sie wirken eher wie jemand, der ihn beobachtet und bewertet."

Der Human-Resources-Typ antwortete nicht. Den Rest der Fahrt schwiegen sie. Jing Uen ließ Lozen vor ihrem Haus aussteigen.

„Melden Sie sich, wenn Sie was Neues erfahren, Graham."

Lozen stieg aus und ging ins Haus. Dass er sie zu Hause abgesetzt hatte, war eine Botschaft. Sie lautete: Verarsch mich nicht, ich weiß alles über dich.

36.

Lozen stampfte durchs Wohnzimmer, wo Johnnie To und Warchoi auf dem Sofa lagen und einen Film schauten, in dem ein berühmter Basketballspieler mit Zeichentrickfiguren Körbe warf, holte eine Flasche Weißwein aus dem Kühlschrank, schraubte sie auf und nahm einen tiefen Schluck.

„Uh, da ist jemand nicht gut drauf", sagte Johnnie To.

„Fuck", sagte Lozen, nahm einen weiteren Schluck aus der Flasche und warf sich neben Johnnie To aufs Sofa.

„Was?"

Sie erzählte ihm von Jing Uen.

„Schöner Scheiß", sagte er.

„Jup."

„Was wirst du machen?"

„Gute Frage."

Johnnie To stoppte den Film, nahm die Weinflasche aus ihrer Hand, nippte und gab sie ihr zurück.

„Danke, dass du was in der Flasche gelassen hast."

„Gerne."

Sie zog eine Grimasse.

„Du musst die Weitergabe des Kampfstoffes verhindern."

„Muss ich das?"

„Auf jeden Fall."

„Eine Idee, wie?"

„Hm."

„Hm ist keine Idee."

„Der Punkt, wo du eingreifen kannst, ist der während der Versteigerung. Wenn der Broker und die Käufer den Austausch zwischen Ware und Geld machen."

„Wäre ich nicht drauf gekommen, Superhirn."

„Eine Ahnung, wie du den Ort der Versteigerung herausfinden kannst?"

„Nope."

37

Lozen atmete durch, zog Handschuhe an, die Kapuze des Hoodies über den Kopf, den Schlauchschal über Mund und Nase und ging Richtung des weißen einstöckigen Hauses mit einem Wintergarten, das auf einem Hügel, eine Autostunde von D.C. entfernt, am Rande von Baltimore lag. Eine Treppe führte nach oben, sie klopfte an der Tür, die ein tätowierter Typ öffnete, dem sie in den Kopf schoss. Sie betrat das Gebäude. Wegen der Aircondition war die Temperatur im Inneren angenehm. Zwei Typen tauchten mit gezogenen Waffen auf. Sie schoss. Roter Teppich, rote Wände, rote Möbel, Sexarbeiterinnen aus Lateinamerika, Freier, die Panik bekamen, als sie einem weiteren Bewaffneten in den Kopf schoss. Lozen ging in den ersten Stock und trat die Tür auf, die in ein Büro mit viel rotem Plüsch führte, wo ein weißer Typ mit Punkfrisur hinter einem riesigen Schreibtisch saß, neben ihm eine bullige Frau mit einem Klauenhammer. Sie erschoss beide, durchsuchte den Punktypen, fand sein Handy und rief die Polizei. Dann ging sie wieder ins

Erdgeschoss, verließ das Gebäude, stieg aufs gestohlene Motorrad, fuhr Richtung D.C., versenkte die Maschine im Potomac, nahm einen Bus stadteinwärts und rief Chen an.

„Die Adresse."

„Der Auftrag ist erledigt, nehme ich an."

„Müsste jede Minute in den Newsfeeds erscheinen."

Er nannte ihr den Wohnort von Tarantula. Das war der Deal gewesen. Im Gegenzug für die Informationen über den Broker und die Adresse schaltete sie den Konkurrenten aus, wegen dem er und Jack Cebulski einen Bodyguard angeheuert hatten.

38.

Lozen ging mit Warchoi die 14th Street in Brentwood hoch und bog in eine schmale Gasse. Auf der linken Seite leere Parkbuchten und volle, stinkende Müllereimer, auf der rechten einstöckige, schmale Wohnhäuser aus rotem Backstein mit Flachdach. Vor einem blieb sie stehen und nahm die Sonnenbrille ab. Tarantula saß auf einer zehnstufigen Metalltreppe, die auf eine Art Veranda führte, ebenfalls aus Metall, auf der eine Bank und ein Wäscheständer standen und von der man ins Haus gelangte. Er fütterte eine graue Katze. Neben ihm lag eine Machete. Er trug ein graues Tanktop, das offenbarte, dass sich die Tattoos vom Kopf über seinen Hals bis zur Schulter und über seine Arme zogen. Sie wartete, bis er sie bemerkte, dann drückte sie das niedrige Tor aus Draht auf, ging an der roten und grünen Mülltonne vorbei, über einen Streifen verdorrten Grüns, der zum Haus führte. Als sie und Warchoi näher kamen, rannte die Katze weg.

„Ihnen öffnen viele Leute die Tür, aber sie schlagen Sie nach ein paar Minuten zu, oder?", fragte Tarantula.

„Sie versuchen es zumindest."

Er lachte kurz und abrupt.

„Sie haben schnell herausgefunden, wer ich bin und wo ich lebe."

„Es geht nicht um Sie."

„Ich habe Ihr Anliegen weitergeleitet."

„Aber keine Antwort."

Er nickte.

„Hm."

„Sie haben mich herausgefordert."

Sie nickte.

„Sie sind im Ring keine Gegnerin für mich."

„Sagt wer?"

„Ich habe Ihre Kämpfe angeschaut."

Er sah sie ernst an.

„Ich habe Gene angerufen und den Kampf abgelehnt."

„Wirklich?"

„Wenn, kämpfen wir in einer dunklen Gasse oder einer heruntergekommenen Bar, an einem Ort, wo Menschen wie wir enden und wo es um alles geht und wir uns nicht zurücknehmen müssen. Dann wird es ein interessanter Kampf."

„Pathetischer gehts nicht?"

„Doch. Auf jeden Fall."

Sie lachte.

„Schön. Ich verspreche Ihnen auf jeden Fall, ich werde mich danach um Ihre Katze kümmern", sagte sie.

Er lächelte.

„Ich weiß nicht, ob sie Ihren Rakken mag."

Sie grinste.

„Wollen wir diese scheiß Siezerei lassen?"

„Yeah. Gerne."

„Bist du auf LukOut?"

„Auch auf BeCuul."

„Cool. Ich melde mich."

Sie nickte ihm zu, drehte sich um, ging zurück zum Tor, dachte kurz darüber danach, ob sie Harvey Farossi über Tarantula informieren sollte, kam zum Schluss, dass sie es nicht musste, steckte die Kopfhörer in die Ohren und startete einen Song. Ein australischer Rapsong. „Geht es mir gut?", fragte der Künstler.

39.

Auf dem Flatscreen lief ein uralter Film von 1932 über einen Mann, der für die Tongs in San Francisco Männer mit einer Axt killte, wobei der Chinese, typisch für Filme dieser Zeit, von einem weißen Amerikaner gespielt wurde. Lozen und Johnnie saßen auf dem Sofa, vor dem Warchoi lag.

„Fortschritte?"

„Nope. Alles hängt daran, dass wir den Broker finden."

„Wie stehen die Chancen?"

„Keine Ahnung."

„Farossi hat den Geheimdienst hinter sich."

„Du meinst, ich bin zu pessimistisch?"

„Immer. Das zeichnet dich aus."

Lozen ging in die Küche, um eine neue Flasche Weißwein aus dem Kühlschrank zu holen.

„Du trinkst zu viel", sagte er.

Sie grinste ihn an.

„Wie schaffst du es, Meth, Koks und Hasch nicht zu nehmen, aber zu saufen wie ein Loch?", fragte sie.

„Ich habe eine besondere Körperchemie."

Früher hatte Johnnie To Drogen jeder Art eingeworfen, nach einem Entzug konsumierte er ausschließlich Alkohol. Lozen setzte sich neben ihn aufs Sofa, füllte die Gläser, stieß mit Johnnie To an und nahm einen tiefen Schluck.

„Hat sich Lionel gemeldet?", fragte er.

„Nope. Er hat vorm Abflug gesagt, dass er viel zu tun hat."

„So lange wie er hat es noch niemand mit dir ausgehalten."

„Doch, du."

„Ich zähle nicht."

„Was willst du sagen?"

„Nichts. Aber es gibt mehr Dinge als kämpfen."

„Und du glaubst, dass ich das nicht weiß?"

„Absolut."

40.

GregArbona: Es gab einen Doppelmord in Oxon Hill in Maryland, das liegt bei D.C., mit dem Metro-Bus erreichbar. Mit der Linie, die Ageng hätte nehmen können, nachdem sie aus dem Hotel abgehauen ist.

SuperSusan: Wie schrecklich. Wer wurde umgebracht?

GregArbona: Laut Pressemeldung der Polizei zwei Typen mit Verbindung zur rechtsradikalen Szene und zur Horde.

Alison24: Was hat das denn mit Ageng zu tun? Außer das mit dem Bus, meine ich.

Lozen saß an der Küchentheke und chattete mit den Graysons, während Johnnie To Gemüse klein schnitt und in den Wok warf. Warchoi schlief auf dem Sofa. Ein cooler Retrosong lief, in dem der Sänger beklagte, dass seine Freundin nicht zuhörte.

GregArbona: Die Toten wurden in einer Wohnung erschossen, in der eine Asiatin gewohnt haben soll.

Punchforever: Es gibt mehr als eine Chinesin in D.C. und Umgebung.

GregArbona: Bin gestern hingefahren. In der Nähe ist ein Laden, wo eines ihrer Mondgraffitis zu sehen war.

Alison24: Du bist hingefahren?

GregArbona: Dauerte nur gut vier Stunden.

Alison24: Okay. Aber was meinst du mit dem Mond?

Greg Arbona schickte ein paar Fotos.

GregArbona: Von ihr. Hinterlässt sie überall.

Alison24: Hab ich nicht mitgekriegt. Die sind schön.

Punchforever: Der Ladenbesitzer hat dir geholfen?

GregArbona: Eine Frau aus dem Haus gegenüber.

Lozen fand interessant, dass Horak dem Grayson nichts gesagt hatte.

WhatTheHeck: Wusste sie, wo sie hingefahren sein könnte?

Jack Heck hatte bis zu diesem Zeitpunkt am Chat nicht aktiv teilgenommen.

GregArbona: Leider nein.

Alison24: Aber was haben denn Rechte mit Ageng zu tun?

Punchforever: Hass. Rassismus. Vielleicht haben sie sie verfolgt und deshalb ist sie abgehauen.

GregArbona: Möglich.

SuperSusan: Finde ich auch.

„Der eine von denen ist nicht schlecht", sagte Lozen zu Johnnie To, als der Chat zu Ende war, „er hat tatsächlich die Verbindung zwischen den toten Ärschen in Oxon Hill und der Postbotin hergestellt."

„Seit dieser Heck den Gang gefunden hat, solltest du wissen, dass man Amateure nicht unterschätzen sollte."

„Tue ich nicht. Ich weiß, du bist kein Koch, aber ich erwarte eine Spitzenmahlzeit."

41.

Manche Gegenden können einen deprimieren, dachte Lozen. Sie bogen in eine Nebenstraße ohne Namen, fuhren vorbei an unansehnlichen einstöckigen Wohnanlagen in Beige und Blau, die bessere Tage gesehen hatten. Auf der Straße gingen viele Afroamerikaner.

„Hier soll dieser Heck wohnen?", fragte Johnnie To, der auf dem Beifahrersitz saß. Es war nach acht Uhr abends, der Himmel wolkenlos, die Temperatur viel zu hoch, der Radiomoderator topgelaunt. Er gab enthusiastisch Tipps, wo es die beste Eiscreme gab. Sie fuhren die Straße hinunter, bis zwei graue, zerbeulte Müllcontainer den Weg versperrten, weshalb Lozen auf einen Parkplatz bog, der von einer Wohnanlage umgeben war, die nicht anders aussah als die, an denen sie vorbeigefahren waren.

„Wo?", fragte Johnnie To.

Lozen zeigte auf die andere Seite, wo es ebenfalls einen Parkplatz und eine Wohnanlage gab. Eine Gruppe weißer Männer und Frauen saß vor einem Eckhaus, hörte klassischen amerikanischen Rock, schwitzte, redete laut und trank Bier. Sie erkannte Jack Heck. Seine Schwester war nicht zu sehen.

„Was soll das?", fragte Johnnie To.

„Würde sagen, er will provozieren."

Lozen hatte am Morgen über den FBI-Zugang von Harvey Farossi nachgeschaut, was Jodie Miwa herausgefunden hatte. Über den Broker hatte sie Gerüchte und Vermutungen aufgelistet. Mehr nicht. Was Lozen erstaunt hatte, war, dass die Agentin Jack Heck als unbedeutenden Rechten eingestuft hatte. Er wurde nicht einmal überwacht. Das hielt Lozen für falsch. Deshalb war sie nach Woodland gefahren.

„Wir sollten die Fenster runterkurbeln", sagte sie.

„Dann kommt die Hitze rein."

„Und wenn schon. Zwei Leute in einem Dodge Charger mit geschlossenen Fenstern, das wird jemandem merkwürdig vorkommen."

„Weiß Heck, wie du aussiehst?"

„Nein. Punchforever postet keine Fotos von sich."

Sie setzte eine Sonnenbrille auf, ein Modell aus den 1970ern, das sie mit Lionel auf einem Flohmarkt in der Nähe der Pennsylvania Avenue Southeast entdeckt hatte. In Vietnamfilmen trugen sie die Helikopterpiloten.

„Aber trotzdem setzt du die Brille auf?"

„Falls er uns sehen sollte, kann er sich schwerer mein Gesicht merken."

„Verstehe. Scharfes Teil übrigens."

„Thanx."

„Passt zum Wagen."

„Wenn du es sagst."

„Sag ich."

„Ich verkaufe ihn wieder."

„Was?"

„Passt nicht zu mir. Ich bin eine Fußgängerin."

„Fahrradfahrer und Fußgänger sind schlecht für die Wirtschaft. Sie machen keine Schulden, um einen Wagen zu kaufen, zahlen keine Versicherungspolicen, benötigen keine Mechaniker und kaufen kein Benzin. Fahrradfahrer und Fußgänger werden nicht fett, bleiben gesund und brauchen deshalb keine Ärzte und Medikamente."

„Wo hast du den Schrott gelesen?"

„Kann ich mir den nicht selber ausgedacht haben?"

„Hast du?"

„Nope. Stand irgendwo auf LukOut."

Sie fuhren die Scheiben runter. Ein übler Geruch drang in Lozens Nase, wahrscheinlich aus den Müllcontainern, dachte sie. Die Kühlung der Klimaanlage war schnell Geschichte und sie und Johnnie begannen zu schwitzen. Sie kramte einen Joint hervor und steckte ihn in den Mundwinkel, ohne ihn anzuzünden.
„Was soll das?", fragte Johnnie To.
„Tarnung."
„Sicher."

Im Radio diskutierte der Moderator mit einem Gast über die Klimapolitik von Adam A. Kettle. Lozen schaute zu Jack Heck und seinen Leuten. Ihr fiel auf, dass die afro-amerikanischen Nachbarn sorgenvoll dreinblickten und versuchten, möglichst schnell an der Gruppe vorbeizugehen. Jack Heck wohnte tatsächlich in dieser Gegend, um Ärger zu machen, dachte sie. Der Typ war auf Krawall aus, wollte seinem Feind gegenüberzutreten, also jedem, der kein weißer Amerikaner war. Dieses dumme Verhalten passte nicht mit der Intelligenz zusammen, die er bei den Graysons an den Tag legte. Vielleicht hatte Jodie Miwa mit ihrer Einschätzung recht und er war unbedeutend. Lozen zündete den Joint an.

„Wäre es nicht besser, früh am Morgen wiederzukommen? Dann wird er zur Arbeit gehen und wir können in seine Wohnung."

„Vielleicht."

Sie nahm einen tiefen Zug und blies den Rauch aus dem Fenster.

„Hey, braucht ihr Nachschub?"

Ein schwarzer Junge, fünfzehn oder sechzehn, mit Baseballkäppi, Tanktop, weiten weißen Hosen und Sneakern stand neben der Fahrertür.

„Klar", sagte Lozen, „wie viel?"

„Zwanzig."

„Zehn."

„Fünfzehn."

„Deal."

Sie reichte ihm grinsend das Geld.

„Cooles Gefährt. Ist das nicht der aus den Filmen?", fragte der Junge.

„Ist es."

„Wusste ich doch."

„Was ist die Geschichte der scheiß Hillbillys da?",
fragte Lozen.

„Sind vor vier Wochen eingezogen. Gab schon Schlä-
gereien und das Gesetz musste kommen."

Er gab ihr die Ware.

„Danke."

„Was macht ihr im Ainger Place?"

„Wir wohnen zwei Straßen weiter. Sind gerade herge-
zogen und schauen uns um."

„Schöner wird es nicht", sagte der Junge lachend und
ging zu einem braunen Wagen, an dem ein Typ lehnte
und rauchte. Johnnie To wechselte den Sender. „Ebne
mir einen Weg, dem ich folgen kann", sang eine Pop-
sängerin.

„Was ist der Plan?", fragte Johnnie To.

„Warum so ungeduldig? Ich hab dich nicht gebeten
mitzukommen."

„Ich weiß. Trotzdem: Was ist der Plan?"

„Weiß ich noch nicht."

„Weißt du noch nicht?"

„Ich wollte erst mal sehen, was Sache ist."

Sie rieb sich die linke Hand, stieg schließlich aus, ging zum Jungen und redete mit ihm eine Weile. Dann verschwand sein Kumpel für ein paar Minuten. Als er zurückkam, gab er ihr etwas und sie gab ihm Geld.

„Hattest du nicht genug zum Rauchen gekauft?", fragte Johnnie To, als sie wieder im Wagen saß. Sie zeigte ihm als Antwort ein Wegwerfhandy.

„Du hast ein Telefon gekauft. Super. Wen rufen wir an?"

Sie wählte eine Nummer.

„Mitglieder der Horde machen Ärger in Woodland", sagte sie, nannte die Adresse, legte auf, stieg aus und zertrat das Wegwerfhandy.

Zwanzig Minuten später fuhr ein Streifenwagen vor, zwei Officers stiegen aus und gingen zu Jack Heck und seiner Gruppe. Schnell brach ein Streit aus. Kurz darauf fuhren zwei weitere Streifenwagen vor. Es gab ein Gerangel. Jack Heck und drei weitere wurden verhaftet und weggefahren. Lozen sah herausfordernd zu Johnnie To.

„Du konntest nicht wissen, dass er sich mit dem Gesetz anlegt", sagte er.

„Fanatiker rasten immer aus. Das zeichnet sie aus."

Nachdem die Polizei weg war, dauerte es eine Viertelstunde, bis der Rest der Gruppe verschwunden war.
Lozen und Johnnie To stiegen aus und gingen rüber.
Er hatte die Wohnungstür schnell geöffnet. Das Appartement war ordentlich. Extrem ordentlich. Kein
schmutziges Geschirr in der Spüle, das Bett war gemacht, Toilette, Dusche und Waschbecken glänzten,
die Klamotten im Kleiderschrank waren gebügelt und
gefaltet. Das passte zu dem Jack Heck, der so umsich-
tig auf Social Media agierte, dachte Lozen.
„Er hat ein teures Laptop", sagte Johnnie To und zeigte auf den Rechner, der auf dem Couchtisch stand.
„Schau ihn dir an."
Lozen stellte den Fernseher an, ein Gerät mit Internet-
fähigkeit. Die Filme, die er digital erworben hatte,
waren Blockbuster und Martial-Arts-Filme. Sie ging
auf die Apps von LukOut und BeCuul. Er schaute
Videos von Kampfsportveranstaltungen, auch Butterflyfights, darunter den, in dem sie seine Schwester
vermöbelt hatte, außerdem Auftritte von Grill-

Experten, rassistische und antifeministische Influencer und Pornoseiten.

„Wie sieht es aus?", fragte sie.

„Der Rechner ist passwortgesichert."

Sie ging auf ihr Smartphone, wo sie die wichtigsten Fakten über Jack Heck gesammelt hatte. Menschen neigten dazu, naheliegende Passwörter zu wählen, die sie nicht vergessen. Aber Johnnie To war schneller. Es war der Name der Schwester, ohne Leerzeichen zwischen Vor- und Nachnamen.

„Er ist auf American Guard, natürlich auf Graysons, auf Sportseiten und auf PornIsLife", sagte Johnnie To.

„Ob seine Freundin von PornIsLife weiß?"

„Er hat eine Freundin?"

„Wieso nicht?"

„Er ist ein Spinner."

Sie zuckte mit den Schultern.

„Hat dich diese Aktion schlauer gemacht?"

„Wir wissen jetzt, dass er diszipliniert ist."

„Und durchgeknallt. Er hat sich mitten in einem Viertel mit überwiegend afro-amerikanischen Bewohnern niedergelassen. Völlig irrational"

„Wenn man gezielt Ärger sucht, ist das auch eine Art von Kalkül."

Leicht frustriert verließ sie mit Johnnie To die Wohnung. Als sie im Flur standen, musste sie an Shostakov denken. Sie ging den Hausflur entlang und schaute auf die Namenschilder und Wohnungstüren. Auf einer entdeckte sie drei Dreiecke. Sie zeigte auf das Symbol.

„Was ist das?"

„Der Valknut, der Knoten der Erschlagenen, ein altnordisches Symbol, das Rechte benutzen, um zu zeigen, dass sie bereit sind, ihr Leben im Kampf zu geben."

„Heiliger Thor."

Sie hielt das Ohr an die Tür und hörte Musik. Johnnie To sah sie fragend an.

„Warte hier", sagte sie leise, ging zurück in die Wohnung, zur Küche, öffnete Schubladen und Schranktüren, bis sie einen Stapel gebügelter und zusammengelegter grau-blauer Geschirrtücher entdeckte. Sie nahm zwei, ging zurück und gab eines Johnnie To. Lozen faltete ihres zu einem Dreieck, band es sich wie eine Bandana um den Hals und zog es hoch bis über die

Nase. Johnnie To folgte ihrem Beispiel. Als er fertig war, trat sie die Tür auf.

Als sie die Wohnung betraten, schauten vier Jugendliche ängstlich zu ihnen. Zwei waren weiß, zwei afroamerikanisch. Sie saßen an Schreibtischen, auf denen Computermonitore standen und die mit Coladosen und Hamburgerverpackungen zugemüllt waren.

„Verschwindet", sagte sie zu den vier und sie liefen raus.

Lozen und Johnnie To schauten, was auf den Monitoren zu sehen war. Auf einem war eine Aufnahme der Frau des US-Präsidenten Adam A. Kettle zu sehen, die Hörner auf der Stirn hatte und einen Pferdefuß. Johnnie To sah zu Lozen, zog die Stirn kraus und schaute sich die anderen Monitore an.

„Die Wohnung ist eine Troll-Farm", sagte sie, „wie es aussieht, produzieren die Kids unsinnige Einträge über die demokratische Partei, Farbige und Frauen, die sie auf LukOut und BeCuul veröffentlichen."

Miwa hatte sich geirrt, dachte Lozen, Jack Heck war kein Durchschnittsfreak.

„Was jetzt?", fragte Johnnie To.

„Wir hauen ab."

„Was haben wir jetzt herausgefunden?", fragte Johnnie To, als sie wieder im Wagen saßen.

„Dass Heck umtriebig ist und eine Geldquelle besitzen muss, mit der er die Troll-Farm finanzieren und vermutlich bei der Versteigerung mitbieten kann."

Lozen ging über ihr Smartphone und einem speziellen Browser auf die Auktionsseite im Darknet. Fünf Bieter waren zu erkennen. Zu Joe, Joe52, Jane und Beer war ein Doe gekommen.

42.

Wie bei seinem ersten Besuch trug Tarantula den schwarzen Mantel, darunter ein schwarzes T-Shirt und eine schwarze Lederweste, eine schwarze Lederhose und schwarze Stiefel.

„Findest du nicht, dass du zu dick angezogen bist für die Temperaturen?", fragte Lozen, als sie die Tür geöffnet hatte. An diesem Tag vermeldeten die Nachrichten einen weiteren Hitzerekord. Sie trug Tanktop und Boxershorts.

„Ich spüre keine Temperaturen."

„Lucky you."

Er grinste.

„Was kann ich für dich tun?"

„Der Broker. Er möchte dich sehen."

„Wie schön."

„Wie lange brauchst du, um dich anzuziehen?"

„Fünf."

„Okay. Ich warte."

Lozen ging hoch in ihr Zimmer. Bevor sie sich anzog, schickte sie mit dem Smartphone Johnnie To eine

Nachricht, in der sie ihn anwies, ihr zu folgen und Fotos von jeder Person zu machen, mit der sie sich unterhielt. Sie hoffte, dass er die Botschaft las, weil er im Augenblick im Wohnzimmer ein Making-of der neusten Star-City-Staffel anschaute. Sie stieg in eine schwarze Cargohose, steckte das Karambit ein, überlegte, ob sie die Glock mitnehmen sollte, entschied sich dagegen, schlüpfte in Sneaker und ging zurück zu ihrem Besucher.

„Da bin ich", sagte sie zu Tarantula.

„Schön."

Er drehte sich um, ging durch den Garten und bog nach links Richtung Takoma Station. Lozen folgte ihm.

„Wohin gehen wir?"

„Zum Takoma Park Farmers Market."

„Stimmt, es ist Sonntag."

„Hey, du kennst dich mit Wochentagen aus."

„Mit allen sieben."

„Mega."

„Du bist ein biologisches Wunder", sagte sie, als sie nach zehn Minuten auf die Carroll Avenue bogen.

„Wie meinst du das?"

„Nicht wichtig."

Ihr Smartphone gab ein Geräusch von sich und sie zog es aus der Beintasche der Cargohose. Eine Nachricht von Jing Uen. Die Mitteilung war kurz und hatte etwas von einem Befehl: „Kommen Sie um sechs Uhr abends. Abendkleidung." Es folgte seine Anschrift.

„Schlechte Nachrichten?", fragte Tarantula.

„Hab ich so grimmig geschaut?"

„Als hätten sie deinen Lieblingsveganer geschlossen."

„Das hier ist schlimmer."

Sie erreichten den Wochenmarkt mit seinen verschiedenen Ständen, auf dem viele Anwohner ihre Einkäufe erledigten. Tarantula führte sie zu einem Stand, der regionales Bier verkaufte und vor dem ein Typ um die vierzig stand, der ein langärmliges T-Shirt und Jeans trug und ein Bier testete. Er schwitzte leicht, hatte struppige blonde Haare, die gefärbt aussahen und mit viel Aufwand in Form gebracht worden waren.

„Ms. Freeman."

„Mr. Broker."

„Was sagen Sie zu diesem Bier?"

Er reichte ihr das Glas und sie nippte. Es war ein gutes IPA, was sie ihm sagte. Der Broker kaufte ein Six-pack, verließ mit Lozen den Markt und ging mit ihr ein Stück zur Westmorland Avenue, wo sie sich, gegenüber von ein paar schönen Bäumen, auf eine Bank setzten.

„Was kann ich für Sie tun, Ms. Freeman?"

„Was denken Sie?"

„Ich kann da nichts tun."

„Es geht um einen Kampfstoff, nicht um eine Waffen- oder Drogenlieferung oder mit was sonst Sie handeln."

„Es ist nicht relevant für mich, was versteigert wird."

„Sondern?"

„Es ist relevant, dass die Versteigerung problemlos über die Bühne geht. Es geht um Vertrauen. Wenn ich nicht seriös bin, sind mein Geschäft und ich tot."

„Es geht in diesem Fall um mehr als um Profit."

„Meine Aufgabe besteht darin, eine Ware an den Meistbietenden weiterzugeben. Politik und Moral spielen dabei keine Rolle. Es ist mir egal, wer bietet.

Aliens vom Mars, Chinesen, Rassisten, I don't give a shit."

Der Broker schien doch eine Art patriotische Ader zu besitzen, dachte Lozen, sonst hätte er die Chinesen und die Horde nicht erwähnt.

„Sie können nicht sagen, wo die Übergabe stattfindet?"

„Natürlich nicht."

„Warum wollten Sie mich treffen?"

„Neugier."

„Sie wirken nicht neugierig."

Vielleicht war ihm die Angelegenheit unheimlich, er wollte sie treffen, um sie einschätzen zu können, weil er Exitstrategien durchspielte für den Fall, dass etwas schiefging, dachte Lozen.

„Für wen arbeiten Sie? Die Regierung?", fragte er.

„Kann ich nicht sagen. Um es mit Ihren Worten zu sagen: Es geht um Vertrauen. Wenn ich nicht seriös bin, ist mein Geschäft am Arsch und ich tot."

Er stand lächelnd auf, nickte Tarantula zu und schlenderte mit ihm zurück Richtung Wochenmarkt. Lozen blieb sitzen, schaute in den blauen Himmel und entdeckte keine Wolke. Fuck, ist das heiß, dachte sie. Ein Baby schrie, sie schaute sich um und entdeckte einen Typen, der einen Kinderwagen schob. Sie steckte Ohrhörer ein und startete einen Song. „Da ist etwas im Wasser, ich mag nicht den Geruch und den Geschmack", erzählte die Sängerin. Bevor das Lied zu Ende war, setzte sich Johnnie To neben sie.

„Du hast eine Aufnahme von ihm?", fragte sie.

„Jup."

„Großartig. Schick sie."

Ihr Smartphone gab ein Geräusch von sich. Johnnie To hatte ein Foto geschickt, das sie und den Broker am Bierstand zeigte. Sie ging auf Bearbeitung, vergrößerte das Bild, damit sie nicht zu sehen war, erhöhte den Schärfegrad des Bildes, speicherte es, schickte es Harvey Farossi mit der Bemerkung, dass die Chinesen und die Horde bei der Versteigerung dabei wären.

43.

Harvey Farossi, der Poloshirt, Trainingshose und Sneaker trug, bestellte beim bärtigen Barista des Be-Bes Kaffee und setzte sich zu Lozen, die wie beim vorherigen Treffen am runden Tisch aus Holz saß.

„Was soll das sportive Outfit?", fragte sie.

„Fairfax Station. Ich hab ein paar Bälle geschlagen."

„Du fährst immer noch da raus."

„Der beste Baseball-Batting-Cage in D.C."

Harvey Farossi nahm einen Schluck Kaffee.

„Warum bin ich hier, Harv?"

Der Berater hatte sie ins BeBes bestellt.

„Du bist raus."

„Raus?"

„Du hast bestätigt, dass China mitbietet und ein Foto des Brokers geschickt. Ageng zu finden ist aussichtslos, egal was ihre Rolle in dieser Angelegenheit ist. Miwa macht den Rest."

„Sie hat bisher erstaunlich wenig geleistet."

„Du wurdest für einen Job angeheuert. Er ist vorbei. Das ist alles."

Er trank einen Schluck Kaffee.

„Vergiss nicht dein Versprechen", sagte Lozen.

„Werde ich nicht."

„Hoffentlich."

Er grinste.

„Eine Frage hätte ich noch, Harv."

„Stell sie, wenn du glaubst, ich kann sie beantworten."

„Jing Uen hat einen schicken Typen an seiner Seite, der nach Human Resources aussieht. Wer ist er? Warum rennt er Jing Uen hinterher?"

„Er ist so was wie der Geheimdienst des Geheimdienstes."

„Heißt?"

„Würde sagen, seine Chefs vertrauen Uen nicht."

„Verstehe."

„Warum wolltest du das wissen?"

„Neugier."

„Macht dir Jing Uen Probleme?"

Lozen sah Harvey Farossi an und rieb sich kurz den linken Arm, bevor sie antwortete.

„Er weiß, wer ich bin."

„Fuck."

„Sehr schön ausgedrückt."

„Warum hast du das nicht schon eher gesagt?"

Sie zuckte mit den Schultern.

„Was willst du machen?", fragte er.

„Weiß ich nicht. Hilfe von dir kann ich ja wohl nicht erwarten."

„Da sind mir die Hände gebunden."

„Dachte ich mir."

„Sorry."

„Ich muss los. Uen hat mich zu sich gebeten. In Abendgarderobe."

„Du in Abendgarderobe? Das würde ich gerne sehen."

44.

„Graham", sagte Jing Uen, als er die Tür seines Appartements geöffnet hatte und Lozen vor ihm stand. Er trug einen schwarzen Smoking, weißes Hemd und Fliege.

„Hallo, John Garvin."

„Finden Sie den Vergleich gut?"

„Bei Ihrem Outfit? Auf jeden Fall."

„Kommen Sie herein."

Er führte sie in eine sachlich eingerichtete Wohnung, von der Lozen nicht wusste, ob sie sie schwedisch oder japanisch beschreiben sollte. Sie setzte sich in einen modischen Sessel, der nach den 1960ern aussah und bequem war.

„Guter Stuhl", sagte sie.

„Danke."

Sie schaute sich um.

„Nette Wohnung", sagte sie.

„Sie hätten vor ein paar Tagen kommen sollen. Chaos pur. Jemand ist eingebrochen."

„Tut mir leid. So was ist scheiße."

„Danke."

„Besitzt ein Angestellter des chinesischen Staates etwas, was es sich zu stehlen lohnt?"

„Natürlich nicht."

Er grinste.

„Was hat der Dieb mitgenommen?"

„Fernseher, Rechner."

„Wie reagieren Ihre Vorgesetzten auf so was?"

„Wieso? Bei jedem kann eingebrochen werden."

„Nicht sehr chinesisch, Ihre Wohnung."

„Was heißt chinesisch in diesem Kontext?"

„Gute Frage."

„Was haben Sie erwartet? Ich im Mao-Anzug? Dazu Gespielinnen in engen Sarongs?"

„Klingt gut."

Jing Uen lachte.

„Ich bin nicht Woo Sung Khan."

„Wie enttäuschend."

Jing Uen musterte Lozen kritisch.

„Sitzt mein Haar nicht?", fragte sie.

„Modisch sind Sie eine Katastrophe. Hatte ich nicht Abendkleidung geschrieben?"

„Muss ich überlesen haben."

Abendkleidung, wovon träumte der Typ, dachte Lozen. Sie trug Tanktop, Shorts, ein Kapuzenshirt um die Hüften geknotet und Springerstiefel. Er verschwand in einem Zimmer und kam mit einem schwarzen Jackett wieder, das er ihr zuwarf.

„Wissen Sie, wie heiß es draußen ist?"

„Ziehen Sie es bitte über."

„Ist das ein Fetisch von Ihnen? Dass sich Frauen anstatt ausziehen?"

„Sie sind nicht richtig gekleidet."

„Wirklich nicht? Machen Sie meine nackten Arme nervös?"

„Bitte."

Sie zog das Jackett über. Es war zu weit.

„Wird gehen", sagte er, „kommen Sie."

„Wohin?"

„Sie werden es mögen. Versprochen."

Sie gingen aus dem Haus, er winkte ein Taxi herbei, sie stiegen ein und er nannte dem Fahrer eine Adresse auf der Connecticut Avenue im Stadtteil Cleveland Park. Lozen kannte die Adresse.

„Da ist das Park Theatre."

„Da wollen wir hin."

„Sie wissen, dass das Kino geschlossen wurde?"

„Es ist wieder auf."

„Wusste ich nicht."

„Eine chinesische Firma hat es gekauft."

„Hm."

Das Park Theatre war eines von Lozens Lieblingskinos in D.C. gewesen, bis es vor zwei Jahren wegen finanzieller Schwierigkeiten geschlossen wurde, weil ein Lichtspieltheater mit nur einer Leinwand in Zeiten von Multiplex und Streamingdiensten keine Chance hatte. 1936 eröffnet, vom Architekten J.J. Eisen entworfen, der rund zweihundert Kinopaläste in den USA gebaut hatte. Die Leinwand des Parks, wie es die Bewohner der Stadt genannt hatten, war die zweitgrößte kommerzielle Kinoleinwand in der D.C. Metro Area gewesen, mit eintausendeinhundert Sitzen, nach einer Renovierung Mitte der 1990er mit achthundertfünfzig.

Als sie ankamen, sah Lozen, dass zwei riesige bunte Roboter vor dem Kino standen, die nicht zum Parks passten mit seinen gelben und roten Ziegeln, mit seiner Fassade, die mit teilweise geriffelten Kalksteinplatten mit typischen Art-déco-Motiven wie Zickzack-Muster und floralen Reliefs verkleidet war.

„Das sind doch Nanotan und Buster von den Tankabots", sagte Lozen.

„Heute ist die Premiere vom vierten Teil", sagte Jing Uen.

„The Tankabots: Dark Side of the Moon."

„Wusste ich doch, dass Sie den Titel kennen."

„Da gehen wir hin? Deshalb das Jackett?"

„Sie sagen es."

Der Abend wurde immer rätselhafter für Lozen. Das Taxi hielt, Jing Uen zahlte mit Karte und sie stiegen aus.

„Mögen Sie die Tankabots?", fragte er.

„Die Actionsequenzen sind cool, die Story schwach."

Unter dem mit stromlinienförmigen Aluminiumbändern versehenen Vordach, unter dem sich das Tickethäuschen und der Haupteingang befanden, standen gut gekleidete Männer und Frauen, die ins Kino strömten. Lozen fiel auf, dass viele Chinesen darunter waren.

Jing Uen zog zwei gefaltete DIN-A4-große Einladungskarten aus dem Smoking und zeigte sie der Einlasserin. Sie betraten die Lobby mit den imposanten Kerzenleuchten an der Decke, dem roten Teppich und den Blumengestecken und dem überdachten Verkaufsstand für Popcorn und Getränke. An der Wand hingen Gemälde alter Tinseltown-Stars wie Stummfilmcowboy Basil Warden Bond oder Felix Keener, dessen Enkel Kevin in Tankabots die Hauptrolle spielte und gerade mit Hollywood-Star Rachel York im Kinosaal verschwand. Es war angenehm kühl. Ein Raumduft lag in der Luft. Kellner und Kellnerin in schwarzen Hosen und weißen Hemden verteilten Getränke. Gäste gingen links und rechts die Treppen hoch zum Balkon.

Lozen folgte Jing Uen in den Kinosaal mit seinen geschwungenen Sitzreihen in die letzte Reihe, wo sie sich auf die zwei Plätze am Rand setzten.

„Warum sind wir hier?", fragte Lozen.

„Ich habe die Premiere organisiert."

Lozen erinnerte sich, dass Harvey Farossi erzählt hatte, dass er in Los Angeles was mit Film zu tun hatte.

„Es steckt also chinesisches Geld in den Tankabots?"

„Dieser wurde sogar großteils in Hongkong gedreht."

„Ich hab gelesen, dass die Filme mittlerweile in China mehr Geld einspielen als bei uns."

„Seit dem zweiten Teil hat die Zuschauerzahl in den USA ab- und in China zugenommen."

„Hm."

„Sehen Sie da vorne den Mann, der in der ersten Reihe steht, neben der Frau im kleinen Schwarzen."

„Jup."

„Das ist der chinesische Botschafter."

„In einem Kino dieser Größe ist die erste Reihe mies."

„Er will immer ganz vorne sitzen."

„Warum haben Sie mich mitgenommen?"

„Spontane Idee. Ich hatte keine Begleitung."

„Wo ist eigentlich der Human-Resources-Typ?"

„Hat frei."

„Wie schade. Ich mag ihn."

Das Licht im Saal ging aus und der Film begann.

45.

Das Taxi ließ sie in der Nähe von Jing Uens Wohnung raus.

„Einen Absacker?", fragte er.

„Jup, warum nicht?"

Die Menschen standen oder saßen schwitzend und trinkend vor den Cafés, Kneipen und Restaurants. Lozen hatte das Jackett ausgezogen und wie das Hoodie um die Hüfte gebunden. Zweieinhalb Stunden hatte der Film gedauert, der wie seine Vorgänger viel Action, aber wenig Inhalt besaß. Bemerkenswert hatte Lozen gefunden, dass am Ende die chinesische Armee zur Rettung gekommen war. In Hollywoodfilmen erledigten traditionell amerikanische Truppen den Job. Die USA, nicht mehr der Weltenretter. Interessant, hatte sie gedacht.

Nach Ende des Filmes waren sie auf die Premierenfeier gefahren, die im traditionsreichen Watergate-Hotel stattgefunden hatte. Eine öde Veranstaltung mit einem

DJ mit schlechtem Musikgeschmack, der die abgedroschensten Hits der vergangenen fünfzig Jahre spielte.

Lozen mochte solche Events mit ihren aufgestylten, Small Talk betreibenden Gästen nicht. Sie fühlte sich fehl am Platz. Jing Uen war seinen Verpflichtungen nachgegangen und durch den Saal getigert, wo er unter anderem mit dem Botschafter und den Stars gesprochen hatte, während sich Lozen gelangweilt in eine Ecke gestellt und mit Johnnie To gechattet hatte, der total neidisch war, dass sie den neuen Tankabots-Film schon gesehen hatte und sich in einem Raum mit Kevin Keener und Rachel York befand. Nach einer knappen Stunde hatte Lozen beschlossen zu gehen. Als sie auf den Ausgang zugestrebt war, war Jing Uen aufgetaucht und hatte sie begleitet. Arbeit erledigt, hatte er gesagt.

„Haben Sie eine Stammkneipe?", fragte sie
„Nein, ich bin erst vor einem Monat in diese Ecke gezogen. Davor habe ich in Arlington gelebt."
Jing Uens Wohnung lag in Adams Morgan, in der Nähe der 18th Street.

„Sie ziehen viel um?"

„Geht so."

„Also müssen wir was suchen."

Lozen kannte einen Club in der Nähe, aber sie wollte herausfinden, was Jing Uens Absichten waren. Die Premiere, der Absacker, vielleicht wollte er einfach ins Bett mit ihr, aber bisher hatte es nicht die kleinste Andeutung in diese Richtung gegeben. Auf der anderen Seite hatte sie keine Ahnung, wie chinesische Dating-Rituale abliefen.

Jing Uen dachte einen Moment nach, dann schien er eine Idee zu haben.

„Ich war vor ein paar Tagen in einer Kneipe, nicht weit von hier."

„Okay."

Sie gingen schweigend nebeneinander, bogen in eine Nebenstraße, die sie hinunterschlenderten, bis sie zu einer Bar mit einem roten Neonzeichen kamen.

„Was denken Sie?", fragte er.

„Hey, Sie sind der Boss."

Die Bar war gut besucht, amerikanische Rockmusik lief, die in ein BeBes passte, fast keine Frauen, nur

Weiße, die an der lang gezogenen Theke oder in den altmodischen Sitznischen mit lederbezogenen Bänken saßen und soffen. Lozen fragte sich, ob sich Jing Uen wie sie sich eher in Eckkneipen wohlfühlte. Unwahrscheinlich, dachte sie, er war ein Glamour-Boy. Lozen glaubte nicht, dass er schon mal in dieser Bar gewesen war. Sie setzten sich an einen freien Platz an der Theke. Der Barkeeper sah sie misstrauisch an, aber brachte die bestellten Biere.

„Was können Sie berichten?", fragte Jing Uen.

„Sie denken noch an Arbeit?"

„Ich habe den ganzen Abend gearbeitet."

„Gefällt Ihnen Ihr Job?"

„Manchmal. Kevin Keener ist ein netter Kerl. In L.A. waren wir oft einen trinken."

„Wow."

„Sein Fitnesscoach war nicht begeistert. Kevin hat Gewichtsprobleme."

„Im Film sah er fit aus."

„Dafür hat er hart trainiert. Mögen Sie ihn?"

„Absolut."

Sie stießen an.

„Also?", fragte Jing Uen.

„Die Graysons haben den Tod der Rechten mit Ageng in Verbindung gebracht."

„Interessant."

Ein breitschultriger Typ in einem Shirt mit V-Ausschnitt und Jeans baute sich vor ihnen auf.

„Woo Sung Khan."

„Das ist nicht mein Name", sagte Jing Uen.

Ein zweiter Typ baute sich vor ihnen auf.

„Hey, ein Chinamann macht Ärger."

„Was machst du hier?", fragte der erste Typ Jing Uen.

„Den Kommunismus hochleben lassen", sagte Lozen.

Er sah zu ihr und kniff die Augen zusammen. Lozen glitt vom Barhocker und legte die Hand aufs Karambit.

„Stopp", sagte der Barkeeper.

„Hey, Earl, was bist du denn für ein Weichei?", fragte der zweite Typ.

„Ich will in meiner Bar keinen Ärger."

Der Barkeeper nahm Blickkontakt mit Lozen auf und nickte ihr unmerklich zu.

„Raus", sagte der Barkeeper.

Jing Uen und Lozen verließen die Kneipe. Sie sah ihn kritisch an, als sie draußen standen.

„Was?", fragte er.

„Nichts."

Sie fragte sich, ob er sie in die Bar geführt hatte, um sie zu testen, weil er sie einmal in einer Stresssituation erleben wollte.

„Falls Sie sich fragen, Graham, was dieser Abend soll, kann ich es Ihnen sagen."

„Ich bin gespannt."

„Ich will wissen, wie die Menschen ticken, mit denen ich arbeite."

„Und?"

„Sie sind nicht kompliziert. Sie mochten die Kneipe mit den Idioten lieber als die Filmpremiere."

„Wenn Sie es sagen, muss es stimmen."

Sie schaute sich kurz um.

„Ich kenne da etwas weiter weg was Trinkbares", sagte sie.

„Dachte ich mir."

Lozen brachte ihn über einen Umweg zur Kneipe, die von einer Puerto Ricanerin betrieben wurde, die gute Drinks zu vernünftigen Preisen verkaufte und Latinomusik spielte. Sie bestellte zwei Whiskey Sour, ohne Jing Uen zu fragen.

„Also, Garvin, hier ist was, was Sie wissen müssen: Es gibt bei dieser Angelegenheit eine Partei, die fanatisch und clever ist und wahrscheinlich die nötigen Geldmittel aufgetan hat. Auf die müssen Sie aufpassen."

„Okay, Sula Loz."

Sula Loz war eine Doppelagentin in Star City.

„Ich arbeite für eine Seite."

„Behauptet Sula auch."

„Sie schauen zu viel Serien."

„Das müssen Sie gerade sagen."

Sie schaute ihn lächelnd an. Er wusste zu viel über sie, dachte sie.

46.

„Wenn alles verloren scheint, können mutige Helden immer noch die Welt retten", sagte der Tankabot Nanotan.

„Beschreibt irgendwie die Situation, oder nicht?", fragte Johnnie To, der mit Lozen und Warchoi im Wohnzimmer saß und den dritten Teil über die intelligenten Roboterwesen schaute, wozu sie keine Lust gehabt, er aber darauf bestanden hatte.

„Dieser dumme Satz?"

„Die Zeit läuft ab. Was willst du machen?"

In vier Stunden lief die Auktion ab.

„Was ich machen will?"

„Ja."

„Eigentlich muss ich nichts tun. Farossi hat mich entlassen, Garvin ist bei der Versteigerung dabei."

„Und wer sollte den Kampfstoff am Ende haben?"

„Wird das ein Gespräch über Moral?"

„Ich könnte Nanotan zitieren."

„Bitte nicht."

Sie ging in die Küche und holte aus dem Kühlschrank ein Glas Oliven.

„Du würdest dich gegen Farossi und den Präsidenten stellen", sagte Johnnie To.

„Wann würde ich das?"

„Wenn du den Schlüssel für den Kampfstoff zerstörst."

„Wie kommst du darauf, dass ich das vorhabe?"

„Muss der Alkohol sein."

„Als du Drogen geschluckt hast, mochte ich dich lieber."

„Ich mich auch."

Lozen nahm eine Olive. Auf dem Bildschirm verwandelte sich Buster in ein Flugzeug.

„Ich brauche Back-up", sagte sie schließlich.

47.

Jodie Miwa machte ihre Sache nicht schlecht, dachte Lozen. Sie hatte ein Team in einem unauffälligen Minivan vor dem vierstöckigen Appartementhaus, in dem Jing Uen lebte, in Stellung gebracht. Ein weiteres Team befand sich in dem äthiopischen Restaurant gegenüber, aus dem der chinesische Agent vor zehn Minuten gekommen und zu seiner Wohnung gegangen war. Jodie Miwa und ein drittes Team befanden sich hinter dem Wohnhaus, ein viertes auf dem Dach gegenüber. Lozen lag mit einem Fernglas auf dem Dach von Jing Uens Haus, weil dies der letzte Ort wäre, wo Jodi Miwa jemand platzieren würde, der für Lozen aber perfekt war, weil sie die FBI-Agentin im Auge hatte und er ihr gute Deckung bot, weil irgendetwas gelagert wurde, was von Plastikplanen verdeckt war. Sie schwitzte, weil die Hitze des Tages den Belag des Daches aufgeheizt hatte. Die Auktion war zu Ende gegangen und Joe52 hatte gewonnen. Da Jing Uen überwacht wurde, war sie davon ausgegangen, dass Harvey Farossi es nicht geschafft hatte. Zuvor hatte sich Lozen bei Jack Hecks Nachbarn umgehört. Ein alter Typ meinte, er wäre nach seiner Verhaftung kurz da gewesen, hätte einen Rucksack geholt und wäre weggefahren.

Lozen ging davon aus, dass die Übergabe in den nächsten Stunden stattfinden würde, weil sie glaubte, dass der Broker wegen der heiklen Ware an einer schnellen Übergabe interessiert war. Sie schaute auf die Uhr. Es war kurz vor elf. Sie startete zum Zeitvertreib ein Onlinespiel auf dem Smartphone, in dem sie Autos klauen und der Polizei entkommen musste. Sie mochte das Spiel, vor allem, weil die Guten nicht die Heldinnen des Spiels waren. Irgendwann bekam sie eine Nachricht von Johnnie To: „Er ist auf dem Weg."

Es ging also los. Sie fragte sich, wie Jing Uen das FBI loswerden wollte. Er musste davon ausgehen, dass Harvey Farossi ihn überwachen ließ. Sie wollte weiterspielen, als sich die Zugangstür zum Dach öffnete und eine Gruppe gut gelaunter Jugendlicher erschien. Sie schauten sich um, entdeckten die Plane, zogen sie weg und jubelten, weil sich darunter Kartons mit Bier und Whiskey befanden. Die Jugendlichen rissen die Verpackung auf und begannen zu trinken, wobei sie fleißig filmten und Nachrichten mit ihren Smartphones verschickten. Einige Typen verschwanden und kamen mit Boxen und einem Laptop zurück. Der erste Song, den sie spielten, war ein Rocksong. „Ich habe Hexen gesehen, die für dich brennen, mein Freund", erklärte der Sänger. Weitere Jugendliche erschienen. Lozen bemerkte, dass auf dem Dach gegenüber dasselbe geschah. Sie grinste. Das war das Ablenkungsmanöver von Jing Uen. Sie ging auf DCDome, eine angesagte Website, die über Party-Events in Washington, D.C., informierte. Lozen fand schnell den Hinweis, dass ein unbekannter Spender freie Drinks auf zwei Dächern in Adams Morgan deponiert hatte. Auf dem verlinkten LukOut-Account herrschte ein unglaublicher Traffic. Mehr Jugendliche strömten auf die Dächer. Bald würde Jing Uen seinen Move machen. Sie rief Johnnie To an.

„Wie sieht es aus?"

„Er fährt nach Gateway."

„Industriegebiet. Nichts los um diese Uhrzeit."

„Da wird die Übergabe sein."

„Bleib dran. Und pass weiter auf."

„Mach ich."

Weil Lozen davon ausgegangen war, dass Harvey Farossi Jing Uen überwachen ließ, hatte sie Johnnie To zu Tarantula geschickt. Sie glaubte nicht, dass der Broker ohne seinen Bodyguard zur Übergabe gehen würde. Außerdem wusste Harvey Farossi nichts von ihm. Das hieß, er wurde nicht beobachtet. Sie war zu Jing Uen als Back-up gefahren, falls sie sich geirrt hätte. Das Smartphone vibrierte. Eine Nachricht.

Johnnie To: Er ist in eine Lagerhalle gegangen.

Lozen: Schick die Koordinaten und bleib draußen.

Weitere Jugendliche kamen. Lozen mischte sich unter die Feiernden. Es war Zeit zu gehen, auch wenn sie zu gerne gesehen hätte, wie Jing Uen die Partys ausnutzen würde. Wahrscheinlich würde er es über die Dächer versuchen.

48.

Warum waren es immer Lagerhallen?, fragte sich Lozen. Sie hatte ein Motorrad gestohlen und war damit zu Johnnie Tos Koordinaten gefahren, einem Gebäude in einer Straße, an der es ausschließlich Lagerhallen gab, meist einstöckig, meist aus rotem Backstein. Sie hatte kurz mit Johnnie To gesprochen, der auf einem Parkplatz in der Nähe gewartet hatte, dann den schwarzen Schlauchschal über Nase und Mund und die Kapuze des Hoodies tief ins Gesicht gezogen und eine kugelsichere Weste angezogen. Mit einem Rucksack auf dem Rücken war sie durch einen Nebeneingang ins Gebäude geschlichen: ein Warenlager mit bis an die Decke reichenden Regalen, voller Kartons mit unbekanntem Inhalt. Im Eingangsbereich hatten der Broker, Tarantula und Ageng in einer roten Jacke vor einem SUV gestanden und gewartet. Die Postbotin war also nicht entführt worden, sondern verkaufte den Schlüssel. Ageng war nichts anderes als eine Kriminelle, stellte Lozen enttäuscht fest.

Lozen war auf ein Regal geklettert, von dem sie den Eingangsbereich im Blick hatte, hatte aus dem Rucksack die Einzelteile des Gewehrs genommen und es zusammengebaut. Währenddessen hatte das Telefon des Brokers geklingelt, er war rangegangen und hatte Tarantula ein Zeichen gegeben, worauf der das Eingangstor geöffnet hatte und Jing Uen in die Halle gefahren war.

Die Beteiligten standen sich im Scheinwerferlicht der Wagen gegenüber. Jing Uen hatte den Human-Resources-Typen und einen weiteren Kerl dabei. Der Chinese ging auf den Broker zu und übergab ihm einen schwarzen Aktenkoffer, den dieser öffnete und überprüfte, ob die Summe stimmte.

Lozen fragte sich, wo Jodie Miwa war. Vielleicht hatte der Chinese sie abgehängt. Sie nahm ihr Gewehr und justierte das Zielfernrohr. Der Broker, der einen Anzug trug, nickte der Postbotin zu, die einen Stick aus der Tasche ihrer weiten roten Jacke zog und ihn übergab. Keine Frage, das musste der Schlüssel sein. Lozen legte sich eine Reihenfolge fest. Jing Uen, Ta-

270

rantula, den Broker, dann die anderen. Sie zielte auf den Kopf des chinesischen Agenten, als Typen in die Halle stürmten, die Masken mit einem goldenen Punkt auf der Stirn trugen und wild um sich schossen. Fuck, dachte sie, wie kam die Goldene Horde hierher? Der Broker wurde am Bein getroffen, ließ den Stick fallen und humpelte hinter einen Pfeiler aus Metall. Jing Uen sprang aus dem Scheinwerferlicht und rannte zum Wagen. Seine Begleiter schafften es nicht. Ageng stand wie paralysiert da. Es war eine Frage der Zeit, bis sie eine Kugel traf. Da stürmte Tarantula durch den Kugelhagel, packte sie und zog sie hinter ein Regal in Deckung. Viel Risiko für eine einfache Geschäftspartnerin, dachte Lozen.

Zwei der Goldenen Horde liefen zum Schlüssel am Boden, Lozen zielte und erledigte sie. Der Broker erschoss einen weiteren Angreifer. Weitere Maskierte strömten in die Lagerhalle. Wie hatte die Goldenen Horde den Übergabeort herausgefunden?, fragte sich Lozen. Sicher war, dass Jing Uen Jodie Miwa abgehängt hatte, weil sie sonst schon mit Verstärkung aufmarschiert wäre. Ein Moment der Ruhe trat ein.

Lozen schaute sich um. Der Broker lehnte am Pfeiler, Jing Uen kniete hinter dem Wagen, Tarantula und Ageng lagen hinter dem Regal und die Mitglieder der Goldenen Horde hatten sich verteilt.

„Hau ab. Es wird hässlich", schrieb sie Johnnie To.

Sie nahm das Gewehr in schnellen, automatisierten Bewegungen auseinander, steckte die Einzelteile in den Rucksack, schulterte den Rucksack, kletterte das Regal hinunter, zog die Glock aus dem Hüftholster und schraubte einen Schalldämpfer auf den Lauf. Sie ging nach links zum Ladebereich und sah einen Typen der Goldenen Horde am Ende des Ganges. Sie visierte ihn an und ging langsam auf ihn zu. Je dichter sie herankam, desto geringer das Risiko. Als sie noch fünf Meter entfernt war, wirbelte er herum und sie schoss. Sie nahm den Rucksack ab, holte drei Rauch- granaten heraus, schaute in den Ladebereich, schätzte, es waren fünfzehn Schritte von ihrer Position aus bis zum Schlüssel, und warf die Granaten in den Ladebe- reich, den sie schnell vernebelten. Schüsse fielen. Wahrscheinlich die Goldene Horde, die blind feuerte, was aber nicht ungefährlich war. Lozen rannte los.

Fünfzehn, vierzehn, dreizehn, zwölf, elf, zehn, neun, acht, sieben, sechs, fünf, vier, drei, zwei, eins. Sie blieb stehen, warf weitere Rauchgranaten, ging in die Knie, tastete wie eine Blinde auf dem Boden herum, um den Schlüssel zu finden. Sie hörte Schüsse. Einer traf sie in der Brust und warf sie um. Sie fluchte. Trotz der kugelsicheren Weste tat es verdammt weh. Sie tastete weiter. Eine Kugel traf sie im Rücken, sie fiel hin. Als sie sich aufrichtete, erwischte sie eine dritte Kugel. Wieder in Brusthöhe. Tat mehr weh als der erste. Der Rauch begann sich schon zu verziehen. Sie atmete tief durch und entschied die Aktion abzubrechen und abzuhauen.

Sie lief in die Richtung, aus der sie gekommen war, erreichte den toten Typen, rannte den Gang hinunter, bog nach links, gelangte zum Nebeneingang, durch den sie das Gebäude betreten hatte, schob vorsichtig die Tür auf und schaute ins Freie. Vor dem Gebäude patrouillierte die Goldenen Horde. Sie schloss die Tür und schaute sich um. Über ihr war ein offenes Dachfenster. Sie kletterte ein Regal hoch, von wo sie an den Rahmen des Fensters springen, sich hochziehen und hinausklettern konnte. Als sie auf dem Flachdach stand, lief ihr der Schweiß am Körper herunter. Ihr war heiß. Sie schaute sich um. Die angrenzenden Lagerhallen besaßen die gleiche Höhe. Sie konnte auf ihnen laufen, bis ein Parkplatz das Weiterkommen verhinderte. Sie schaute sich um. Ein Wagen der Goldenen Horde patrouillierte auf der Straße. Sie kletterte an einer Stromleitung nach unten, lief über den Parkplatz auf eine Tür zu, die sie mit der schallgedämpften Glock aufschoss. Sie betrat das Gebäude, zog die Tür hinter sich zu und versuchte sich zu orientieren. Durch die Fenster fiel das Licht der Straßenbeleuchtung. Sie war in einem Möbellager gelandet, billige Einrichtungsgegenstände, was der Plastikgeruch verriet. Sie fand ein breites, grünes, in Folie eingepacktes Sofa und setzte sich drauf. Die Rücklehne war zu niedrig, als dass es bequem war. Sie war durstig, nahm eine Wasserflasche aus dem Rucksack und trank sie aus. Ihre Hände begannen zu zittern. Sie zündete einen Joint an und nahm ein paar Züge. Da hörte sie ein Geräusch. Schritte. Jemand anderes befand sich im Lager. Sie glitt vom Sofa, löschte den Joint mit Daumen und Zeigefinger, ging hinter einem anderen Sofa in Deckung und zog die Glock mit leicht zitternder Hand aus dem Hosenbund. Die Schritte kamen näher. Sie waren leise, aber nicht wie jemand, der sich anschlich, sondern der Sneaker trug. Kurz darauf sah sie schlanke, nicht sehr lange Beine in einer engen dunklen Hose und kleine Füße in riesigen weißen Turnschuhen. Lozen richtete sich auf und zielte auf die Person.

Obwohl es dunkel war, erkannte Lozen die rote Jacke und ihre Trägerin. Es war Ageng, die erschrak, als sie Lozen bemerkte. Offenbar war die Postbotin von Tarantula getrennt worden. Oder er war tot.

„Hände hoch, hinknien", sagte sie und Ageng befolgte ihre Anweisungen.

„Ich bin unbewaffnet."

Lozen ging zur ihr.

„Sie sind die Frau aus der Halle, die den Schlüssel haben wollte."

Lozen tastete sie ab und fand keine Waffe.

„Wer waren die Spinner mit den Masken?", fragte Ageng.

„Die Goldene Horde."

„Waren das nicht Mongolen?"

„Heutzutage nennen sich so rechte Spinner."

„Rassisten, die sich nach Asiaten benennen."

„Geschichte ist für die ein Fremdwort."

„Ich glaube, ich werde ihre Gesinnungsbrüder darauf aufmerksam machen."

„Du hast den Spinnern einen Kampfstoff angeboten."

„Habe ich das?"

„Was ist für eine blöde Frage?"

„Manchmal sind die Dinge kompliziert."

„Hier ist nichts kompliziert."

„Für wen arbeitest du? Die US-Regierung?"

Lozen setzte sich wieder aufs Sofa, richtete aber weiterhin die Waffe auf Ageng.

„Jeder ist besser als die Fanatiker, die jetzt den Schlüssel haben."

„Da hast du leider recht."

„Eine erstaunliche Erkenntnis von einer Person wie dir."

„Was bin ich für eine Person?"

„Eine, die Kampfstoff verhökert."

Ageng sah sie an und kniff die Augen zusammen. Es sah aus, als wollte sie etwas sagen, da hupte jemand vor dem Möbellager. Lozen ließ die Waffe sinken, ging, ohne sich weiter um Ageng zu kümmern, in den ersten Stock, kam in ein nach Essig riechendes Büro mit einem halben Dutzend Schreibtischen, aus dessen Fenstern sie einen guten Blick auf die Straße hatte.

„Was willst du hier oben?", fragte Ageng, die ihr gefolgt war.

„Überblick verschaffen."

Auf der Straße fuhr ein SUV, an dessen Steuer ein Maskenträger der Goldenen Horde saß. Lozen rief LukOut-Maps auf. Sie musste weg aus der Gegend. Auf der einen Straßenseite ging das Industriegebiet weiter, auf der lag das United States National Arboretum.

„Da müssen wir hin", sagte Lozen.

„Was ist das?"

„Eine Art botanischer Garten für die Forschung, in dem exotische Bäume und Sträucher angepflanzt werden."

„Ich steh auf Pflanzen."

„Ich nur, wenn man sie rauchen kann."

Die Postbotin lachte. Sie gingen zurück ins Erdgeschoss, suchten einen Ausgang, fanden das Klo, in dem es ein Fenster gab, das die Postbotin öffnete. Sie kletterten nach draußen, wobei Lozen ein Tattoo an Agengs Handgelenk auffiel, das einen Pilz aus einem alten Videospiel zeigte.

Die Frauen landeten auf einem asphaltierten Weg von der Breite eines Fahrradweges, der zwischen dem Lager und einer weiteren Halle lag. Sie liefen ums Gebäude herum, erreichten die vierspurige New York Avenue, auf der um diese Uhrzeit nicht viel Verkehr herrschte, weshalb sie sie problemlos überqueren konnten, erreichten einen schwarzen Zaun aus Metall, über den sie kletterten. Sie hörten Schreie hinter sich und sahen auf der anderen Straßenseite einen Typen der Goldenen Horde, der telefonierte. Lozen fluchte.

„Wir sehen uns", sagte Ageng und rannte geradeaus in die Grünanlage.

Sie war schnell. Eine geübte Läuferin, dachte Lozen, die nicht die Absicht hatte, der Postbotin zu folgen. Nach dem Verlust des Schlüssels besaß sie keinen Wert mehr. Lozen lief die einspurige Straße entlang, vorbei an Bäumen, Wiesen, seltsamen runden Anla-

278

gen, die sie nicht einordnen konnte, bis sie das National Bonsai and Penjing Museum erreichte, in dem sie mal mit Johnnie To gewesen war, der ein Fan von Baum-Penjing war, einer chinesischen Urform des Bonsai, in der man Bäume und andere Pflanzen in einem Gefäß kunstvoll anpflanzte und durch Beschneiden, Stutzen und Verdrahten formte.

Sie kletterte über die Mauer und ging zum chinesischen Bereich des Museums, in den man durch ein kunstvolles Tor gelangte, das Lozen an Kung-Fu-Filme aus den 1970ern erinnerte und sich Yee-sun Wu Chinese Garden Pavillon nannte. Auf dem Schild über dem Eingang stand in chinesischer Schrift: „Dr. Yee-sun Wu – Ein Ort, an dem Pflanzen unter der Hand eines Mannes der Schrift gelehrt und kultiviert werden". Als sie mit Johnnie To hier gewesen war, waren sie bekifft und betrunken gewesen und hatten sich ziemlich danebenbenommen, weshalb sie aus dem Museum geworfen worden waren. Sie setzte sich, lehnte sich ans Tor aus weißem Stein und schwarzem Dach und atmete durch. Der Schweiß lief an ihrem Körper hinunter. Gefühlt war dies die heißeste Nacht ever, dachte sie, zog die kugelsichere Weste aus, steckte sie in den Rucksack, nahm die letzte Wasserflasche, leerte sie zur Hälfte und zündete einen weiteren Joint an. Sie merkte, wie ihr Adrenalinpegel sank und sie die Körperstellen spürte, wo die Kugeln getroffen hatten. Das würde dicke blaue Flecken geben. Sie schloss die Augen. Die Goldene Horde hatte kaum eine Chance, sie im National Arboretum zu finden, weil es zu groß war. Die Frage war, ob sie sie überhaupt verfolgen wollten. Sie hatten den Schlüssel. Wenn sie sie doch jagten, würden sie die Ausfahrten aus dem Arboretum überwachen, weil es davon nicht viele gab, obwohl das keine sichere Lösung war, denn sie mussten damit rechnen, dass sie keine Straße benutzte und sich durchs Gelände schlug. Sie kam zum Schluss, dass die Goldene Horde keine Gefahr darstellte. Und Jing Uen? Gut möglich, dass er nicht lebend aus der Lagerhalle rausgekommen war. Sie schrieb Johnnie To eine Nachricht, dass es ihr gut gehe und sie am Morgen nach Hause kommen würde. Er schickt das Daumen-hoch-Emoji als Antwort.

49.

„Hey, was machen Sie hier?"

Die schrille, aggressive Stimme riss Lozen aus dem Schlaf. Sie öffnete die Augen und sah in die rot unterlaufenen Augen einer arabisch aussehenden Wachfrau mit mindestens hundert Pfund Übergewicht.

„Was machen Sie hier?"

„Ich sehe Penzai gerne in der Nacht. Dann blühen sie."

„Blühen? Willst du mich verarschen, Bitch?"

„Würde ich nie wagen."

„Komm, raus."

Lozen richtete sich langsam auf, wobei die drei Trefferstellen richtig wehtaten, nahm den Rucksack und ging steif zum Ausgang.

„Heute Morgen bin ich nett und ruf nicht die Cops. Aber ich will dich nicht wieder sehen", sagte die Wächterin und stemmte dabei die Hände in die schwabbeligen Hüften.

Lozen marschierte vom Ausgang zurück zur New York Avenue und weiter zur Lagerhalle, vor der Polizeiwagen parkten und Leichen abtransportiert wurden. Sie ging zum Motorrad, parkte es in der Nähe von Takoma Station und ging zu Fuß nach Hause, wo Warchoi und Johnnie To sie freudig begrüßten. Als sie geduscht hatte und in Tanktop und Shorts zurück ins Wohnzimmer kam, saß Jing Uen auf dem Sofa, misstrauisch beäugt vom Rakken, während Johnnie To Kaffee in der Küche kochte.

„Waren Sie das vergangene Nacht?", fragte der Chinese.

„War ich was?"

Er sah sie müde an.

„Sie waren es."

„Wovon reden Sie?"

„Sie sind gerade erst nach Hause gekommen?"

„Nicht dass es Sie etwas angeht, aber ja."

„Darf ich fragen, wo Sie waren?"

„Im Kino."

Lozen setzte sich auf den Hocker an die Küchentheke.

„Bis jetzt?"

„Lange Nacht der Horrorfilme", sagte Johnnie To, der ein ausgezeichneter Lügner war. Die Veranstaltung gab es tatsächlich.

„Sie beide sind ein eingespieltes Team, wie es scheint", sagte Jing Uen.

Lozen schnipste mit dem Finger, Warchoi richtete sich auf und knurrte den Chinesen an.

„Wir sind ein eingespieltes Trio."

Jing Uen schaute unbeeindruckt zum Rakken, dann wieder zu Lozen.

„Ich erwarte, dass Sie den Schlüssel von der Goldenen Horde zurückbekommen."

„Die Goldene Horde hat den Schlüssel? Wie ist das passiert?"

„Mir ist nicht nach Scherzen zumute."

„Wie schade."

„Vergessen Sie nicht, dass ich Sie in der Hand habe."

Jing Uen erhob sich und ging zur Haustür. Lozen rieb sich kurz die linke Hand. Sie hatte genug von den Drohgebärden, und es war Zeit, es ihm klarzumachen.

„Stecken Sie sich Ihre Drohungen in den Arsch", sagte sie.

Jing Uen drehte sich um schaute zu ihr.

„Ihnen ist Ihre Situation bewusst, oder?"

„Jup."

„Farossi wird Ihnen nicht helfen. Sie sind eine Ausbrecherin und Mordverdächtige."

„Hat sich eigentlich schon der Nachfolger vom Human-Resources-Typ bei Ihnen gemeldet?"

Jing Uen zuckte mit den Augen.

„Koks, Armbanduhren von Pollock, Hemden und Anzüge von Tamaki; was glaubst du, Johnnie, passiert, wenn ich die Vorgesetzten über seinen Lebensstil informiere?"

„Umerziehungscamp, würde ich sagen."

„Gibt es die noch? War das nicht ein 1970er-Mao-Ding?"

„Keine Ahnung. Und wenn es die nicht mehr gibt, versetzen sie ihn nach Nordkorea. Da will keiner hin. Nichts zu essen, nur Raketen, und die sind schwer verdaulich."

„Glauben Sie, dass das bisschen reicht?", fragte Jing Uen.

„Ich frag den Nachfolger von Human Resources."

Ohne ein weiteres Wort verließ Jing Uen das Haus.

„Was wird er machen?", fragte Johnnie To und brachte Lozen den Kaffee.

„Vorerst nichts. Aber ich glaube, mittelfristig haben wir nicht genug gegen ihn."

„Was für ein gut aussehendes Kerlchen", sagte Johnnie To.

„In der Tat."

„Er sieht wie dieser Schauspieler aus. Aus diesem Film mit den Undercovercop und dem Undercovergangster."

„Ich weiß. Hab ich auch gedacht."

„Wir müssen den uns unbedingt noch mal anschauen."

„Unbedingt."

Lozen fragte sich, ob Harvey Farossi sich ebenfalls melden würde, weil Jodie Miwa versagt hatte.

50.

„Ist der nicht süß?", fragte Johnnie To und zeigte ihr einen neuen Kandidaten auf BubbleBub, einen jungen Typen mit kurzen blonden Haaren, Schnauzbart und einem Ohrring. Lozen nahm das Smartphone, schickte ein Hiip und gab ihm das Telefon zurück.

„Abgelehnt? Warum?"

„Schnauzbart geht gar nicht."

Lozen, Johnnie To und Warchoi stiegen aus dem Dodge Charger und gingen die Straße zweihundert Meter zurück, bis sie zu einem unansehnlichen zweistöckigen grauen Gebäude mit Flachdach kamen. Sieben Stufen führten hoch zum Eingang; auf dessen linker und rechter Seite lagen die Balkone, jeweils drei übereinander. Auf einigen standen Klappstühle, auf anderen stapelte sich Krempel. Die Haustür war offen. Im Treppenhaus sammelten sich die Geräusche aus den Wohnungen: Tonfetzen von Games, Filmen und Serien, Musik, Gesprächen und Geschrei. Lozen und Johnnie To gingen in den zweiten Stock und blieben vor der schwarzen Tür stehen, auf der ein handgeschriebenes Namensschild klebte. In der Wohnung lebte Jack Hecks Schwester. Lozen klingelte, aber wie sie erwartet hatte, war Tracy March nicht zu Hause. Jack Heck war abgetaucht. Vielleicht fand sich bei der Schwester ein Hinweis. Johnnie To öffnete die Tür beeindruckend schnell. Lozen war nicht wegen Jing Uens Drohung gekommen. Die Goldene Horde besaß den Kampfstoff. Sie wollte sich nicht vorwerfen, es nicht versucht zu haben, wenn es zum Worst Case kam, auch wenn sie hoffte, dass Harvey Farossi und die Geheimdienste schneller waren.

Tracy Marchs Bleibe war das Gegenteil von der ihres Bruders. Unaufgeräumt, auf dem Boden lagen Klamotten, Hanteln, Pizzapackungen und leere Wasserflaschen. Es roch seltsam süßlich. Warchoi gefiel das gar nicht und er blieb angeekelt im Eingangsbereich stehen. SS-Runen, das Logo der Patriot Nation, die Südstaatenflagge, eine eingerahmte Kapuze des Ku-Klux-Klans, das Kinoplakat eines Stummfilms, in dem der Held Klan-Mitglied war, ausgedruckte Schlagzeilen über die Horde; die Wände zeigten, was Tracy March war. Die Küche war verdreckt. In der

Spüle stapelte sich das Geschirr, Kakerlaken liefen auf dem Boden, im Kühlschrank standen verdorbene Reste von chinesischem Essen.

„Dürfen Rassistinnen chinesisch essen?", fragte Johnnie To.

„Ich weiß es nicht. Wir sollten beim Verein Weiß-ist-die-Welt anrufen und nachfragen."

„Die legen das fest?"

„Jup, die legen die Regeln fest."

„Gut zu wissen."

Sie gingen ins Schlafzimmer. Auf die Bettwäsche war die amerikanische Flagge gedruckt. Das blau-rot-weiße Spannbetttuch war voller Flecken. Einen Kleiderschrank gab es nicht, dafür Umzugskartons, in denen T-Shirts, Hosen und Unterwäsche lagen. Einer war mit Sportklamotten gefüllt. Zwischen den Kisten lag ein schwarzer Ledermantel. Er gefiel Lozen. Sie nahm ihn und roch an ihm. Es war okay. Johnnie To entdeckte ein Laptop auf dem zugemüllten Nachttisch, nahm es und stellte es auf die staubige Fensterbank.

„Kommst du rein?", fragte sie.

„Passwort auf der Rückseite."

An der Wand klebten Fotos: Tracy March im Ring, Tracy March, die Arme hoch erhoben und einen dicken Siegergürtel um die Hüften, Tracy March mit Soldaten und Soldatinnen in irgendeinem Wüstenland. Auf einem entdeckte Lozen eine Frau, die sie kannte: Jodie Miwa. Die Frauen hatten zusammen gedient.

Lozen fluchte. Das erklärte viel. Deshalb war Jack Heck als unverdächtig deklariert worden, durch sie hatte die Goldene Horde den Übergabeort gefunden. Jodie Miwa musste dem chinesischen Agenten zur Lagerhalle gefolgt sein und ihre Gesinnungsbrüder informiert haben. Sie rief Harvey Farossi an. Er nahm nicht ab. Warum auch. Sie war zurzeit in seinen Augen unwichtig. Sie schrieb ihm eine Nachricht, dass er dringend zurückrufen solle.

„Sie ist in Baltimore", sagte Johnnie To.

„Wie kommst du darauf?"

„Sie hat auf MapYourLive nachgeschaut."

„Was ist MapYourLive?"

„Kennst du nicht?"

„Nope."

„Wird der Online-Kartendienst überhaupt werden. Nicht nur 360°-Panoramabilder aus der Straßenperspektive, sondern Livevideos."

„Cool."

„Absolut."

„Und was hat sie sich angeschaut?"

„Eine Route nach Baltimore."

„Wo da?"

„Nach Cherry Hill."

„Ein echt übles Viertel."

„Hast du geglaubt, die produzieren den Kampfstoff in einem Unterhaltungspark oder einem Luxusressort?"

„Wäre mal was Neues."

„Und nun?"

„Baltimore. Ist ja nicht weit."

„Aber wir wissen nicht, wo wir hinmüssen. Sie hat das Viertel, nicht die Straße eingegeben."

Lozen erinnerte sich an Jack Hecks Buddy aus Baltimore. Sie erinnerte sich nicht, wie er hieß, und schaute nach. Chip Spicer, Webname StillRage. Er stellte Meth her. Das hieß, er besaß Kenntnisse in Chemie. Sie ging auf seinen BeCuul-Account, suchte das Foto von dem Laden mit Backwaren, fand es. Die

Adresse war angegeben. Eine Straße in Cherry Hill. Bingo.

„Ich weiß, wo wir hinmüssen", sagte sie zu Johnnie To.

Sie ging ins Schlafzimmer und holte den Ledermantel. Warchoi wirkte erleichtert, als sie das Appartement verließen.

„Städte haben ja oft Spitznamen. Hat Baltimore einen?", fragte Johnnie To.

„Charm City oder Mob Town."

„Ich wähle den ersteren."

Sie gingen zurück zum Wagen. Johnnie To stellte einen Song an. Retrosound, motownmäßig. „Keine kennt die Probleme, die ich mit meinem Mann habe, niemand interessiert es, sie scheinen es einfach nicht zu verstehen", sang die Sängerin.

„Cooler Song, langweiliger Text", sagte Lozen und startete den Wagen.

51.

Über den Baltimore-Washington-Parkway brauchten sie nicht einmal eine Stunde. Als sie die Ausfahrt Waterview Avenue nahmen, klingelte Lozens Telefon. Harvey Farossi rief zurück. Sie stellte das Smartphone laut, damit Johnnie To zuhören konnte.

„Harv, nett, dass du zurückrufst."

„Was ist so dringend?"

Er klang gestresst.

„Viel um die Ohren?"

„Lozen!"

„Was?"

„Komm zur Sache."

„Gerne."

„Wie schön. Also?"

„Also?"

„Also."

„Ist das überhaupt eine Frage?"

„Was, verdammt, gibts Wichtiges, Lozen?"

„Vielleicht ist es gar nicht wichtig."

„Lozen, hab Mitleid. Ich muss zu einem Charity-Dinner, viele Promis sind da und Adam ist der Gastgeber."

„Das ist natürlich wichtiger als der Weltuntergang."

„Weltuntergang?"

„Sagen wir: möglicher Weltuntergang."

„Weil?"

„Habe ich deine Neugier geweckt?"

„Lozen."

„Deine Miwa arbeitet für die Goldene Horde, die derzeit im Besitz des Schlüssels ist."

Schweigen am anderen Ende der Leitung.

„Die Goldene Horde hat den Schlüssel?"

„Jup."

„Bist du sicher?"

„Jup."

Das Schweigen, Teil zwei.

„Was hat sie dir erzählt, Harv?"

„Dass der Schlüssel im Besitz der Chinesen ist."

„Wie hast du reagiert?"

Das Schweigen, Teil drei.

„Du hast Leute auf Chinesen und Chinesinnen angesetzt, die die USA verlassen."

Das Schweigen, Teil vier.

„Du kannst sie zurückpfeifen, Harv."

Sie hörte Harvey Farossi tief atmen.

„Ich lasse Miwa festnehmen und verhören", sagte er schließlich.

„Gute Idee. Wäre ich nicht draufgekommen."

„Weißt du, wo der Schlüssel ist?"

„Ich habe eine Vermutung."

„Wo?"

„Harv, du hast mich erpresst und dann aus der Sache ausgeschlossen. Ich will eine halbe Million auf das Konto von Dee Freeman und ich will das, was du über die Verfehlungen von Jing Uen hast."

„Es geht um die nationale Sicherheit und du versuchst persönliche Vorteile rauszuschlagen?"

„Ich habe dich informiert, Harv. Das hätte ich sein lassen können."

„Hm."

„Genau: hm."

Das Schweigen, Teil fünf.

„Deal", sagte er schließlich.

„Wie schön."

Johnnie To gab das Daumen-hoch-Zeichen.

„In dreißig Minuten will ich das Geld auf dem Konto sehen. Als Zeichen unserer Übereinkunft. Dazu deine Akte über den Chinesen."

„So schnell geht das nicht."

„Du bist der Berater des Präsidenten. Nichts ist für dich zu schnell. Speedtime ist die Dimension, in der du lebst."

Tiefes Atmen, Das Schweigen, Teil sechs.

„Du solltest besser schauen, dass die Fascho-Freaks den Kampfstoff nicht anwenden", sagte er und legte auf.

„Gut verhandelt", sagte Johnnie To.

„Wir werden sehen."

„Was hättest du gemacht, wenn er nicht auf den Deal eingegangen wäre?"

Sie sagte nichts.

52.

Lozen öffnete den Kofferraum, nahm die schusssichere Weste, streifte sie übers Tanktop, zog den Ledermantel von Tracy March drüber und steckte die Glock in den Hosenbund.

„Du bleibst im Wagen", sagte sie zu Johnnie To.

„Alles klar."

„Im Handschuhfach liegt eine Waffe."

„Ich weiß. Eine Kimber Aegis. Gut fürs verdeckte Tragen. Der Aluminiumrahmen reduziert das Gewicht, der Griff ist dünn, wodurch sich die Breite verringert, der Hammer hat keinen Sporn, und die Daumensicherung und der Magazinauslöser sind so produziert, dass ein Hängenbleiben kaum möglich ist. Außerdem sind die Kanten abgerundet."

„Bist du ein Abonnent von Weapons Daily und lernst die Artikel auswendig?"

„Weil ich dich kenne, habe ich angefangen, mich mit Schusswaffen zu beschäftigen."

Kopfschüttelnd stieg Lozen aus, ging über die Straße, auf das Geschäft zu, das Spicer hieß und zwischen einem Reisebüro und einer geschlossenen Bar lag. Das kleine Schaufenster war mit Backwaren gefüllt. Die paar Schritte reichten, dass sie anfing zu schwitzen. Durch den Mantel und die Weste war sie viel zu warm angezogen und sie musste neidvoll an Tarantulas Temperaturimmunität denken.

Sie öffnete die Tür, an der ein „Open"-Zeichen hing, und löste damit eine Klingel aus, die nach Weihnachten klang. Im Laden gab es glücklicherweise eine Aircondition. Das Geschäft war ein langer Flur mit einer langen Glastheke, die mit süßen Backwaren gefüllt war. An der Wand dahinter hingen Gewehre und Pistolen. Was für eine Kombination, dachte Lozen. Waffenfreaks mussten diesen Laden lieben. Was passte besser zu einer Halbautomatik? Ein Doughnut oder ein Blaubeermuffin?

Eine attraktive Frau mit einem enormen Lächeln und einem noch enormeren Hintern betrat durch eine Tür den Verkaufsraum. Sie besaß ein rotbäckiges Gesicht, welches sie zur perfekten Werbefigur für Salat oder Fruchtsaft machte. Aber sie interessierte sich nicht für gesunde Ernährung. Lozen erinnerte sich an eine Fotomontage auf Chip Spicers BeCuul-Account, die sie neben Adolf Hitler und Eva Braun zeigte.

„Hi. Wie gehts?", fragte sie.

„Gut. Und Ihnen?"

„Fantastisch. Ich liebe die Wärme."

„Schön."

„Was kann ich für Sie tun?"

„Zwei Blaubeermuffins und eine Glock 22."

„Sie kennen die Nachteile der Waffe?"

„Sie meinen das nach oben geleitete Mündungsfeuer, wodurch der Schütze bei Dunkelheit geblendet werden kann?"

„Ich sehe, Sie kennen sich aus."

Lozen lächelte sie an.

„Ich gehe davon aus, dass Sie im Besitz einer gültigen Handgun Qualification License sind, die von der Maryland State Police ausgestellt wurde, um eine regulierte Feuerwaffe zu kaufen, zu mieten oder zu erhalten."

„Außerdem habe ich einen MSP 77R Electronic Application and Affidavit ausgefüllt."

„Sie wissen Bescheid."

„Wir Chiricahua-Apachen wissen, wie wir uns wehren können."

Für einen Augenblick verlor das enorme Lächeln der Frau an Kraft.

„Ich nehme auch noch zwei Cupcakes", sagte Lozen.

„Gerne."

„Hoffentlich nicht glutenfrei."

„Natürlich nicht."

„Gut."

„Also, dann hätten wir zwei Cupcakes, zwei Blaubeermuffins und eine Glock 22. Munition dazu?"

„Nein danke."

Lozen kam sich vor, als wäre sie in einem Sketch der legendären Saturday Comedy Night. Es war Zeit, wieder in die Realität zurückzukehren.

„Ist Chip da?", fragte sie.

„Er ist mein Mann. Was wollen Sie von ihm?"

„Business."

Das Lächeln verschwand komplett.

„Ich glaube nicht, dass Chip mit Ihnen geschäftlich zu tun hat."

Lozen schlug sie k. o., ging zur Eingangstür und hängte das „Closed"-Zeichen in die Tür. Sie schwang sich über die Theke und überprüfte, wohin die Tür führte, aus der die Frau gekommen war. Sie gelangte in eine Wohnung. Von Chip Spicer keine Spur. Wäre ja auch zu einfach gewesen. Sie ging zurück zur Frau, schleppte sie ins Badezimmer und gab ihr Ohrfeigen, bis sie aufwachte.

„Wo ist Chip? Wo ist sein Meth-Labor?"

„Fuck you."

Lozen zog das Karambit.

„Weißt du, Dickarsch, was ich mit diesem Messer mache?"

„Interessiert mich einen Scheiß."

Lozen pikste sie mit der Messerspitze am Haaransatz.

Ein Klischee konnte furchteinflößend sein.

53.

„Niemand ist rausgekommen", sagte Johnnie To, als Lozen sich hinters Steuer setzte.

„Ich weiß."

Johnnie To hörte einen netten Popsong. „Was habe ich dir angetan, dass du mein Leben ruinierst", fragte der Sänger, der englisch mit einem deutschen Akzent sang. Lozen nahm ihr Smartphone und rief Harvey Farossi an.

„Das Geld ist auf dem Konto", sagte er.

„Du bist ein Meister der Speedtime."

„Was ist das überhaupt?"

„Lies Comics. Was ist mit Miwa?"

„Sitzt beim Secret Service."

„Hat sie Widerstand geleistet?"

„Nein."

„Du musst jemand zu einem Laden in Baltimore schicken und eine Kelly Spicer mitnehmen. Sie liegt gefesselt im Hinterzimmer."

„Warum?"

„Komplizin. Ihr Mann hat den Schlüssel oder weiß, wo er sich befindet."

„Und wo ist er?"

„Ich schick dir die Adresse. Ein Meth Labor in Old Market Town. Schick ein Team hin, das nicht mit Miwa in Kontakt stand. Und sag, dass sie meinen Anweisungen folgen sollen. Ich hab kein' Bock auf Kompetenzgerangel."

„Yes, Ma'am."

Sie legte auf und zog Mantel und Weste aus. Die Klamotten darunter waren schweißdurchtränkt. „Nichts ist gut genug für dich", beklagte der Sänger im Radio. Lozen überprüfte über die Banking-App auf dem Smartphone, ob Harvey Farossi wirklich überwiesen hatte. Hatte er. Und die Mail mit Jing Uens Akte fand sie auch. Sie öffnete sie. Außer aus knappen biografischen Angaben bestand sie aus Fotos, nicht vielen, was bewies, dass der Chinese ein vorsichtiger Mensch war, aber es reichte. Sie zeigten, wie er Drogen an einer Straßenecke kaufte und in Clubs feierte, mit Leuten, die laut den beiliegenden Unterlagen Kriminelle waren. Johnnie To gefiel am besten eine Aufnahme, auf der Jing Uen ein T-Shirt trug, auf dem ein 1980er Slogan stand: Gier ist gut. Sie kopierte die Fotos und schickte sie an Jing Uen. Das müsste reichen. Er würde ihre Identität in naher Zukunft nicht verraten. Dann schickte sie Harvey Farossi die Adresse von Chips Labor in Old Market Town Laden.

„Was nun?", fragte Johnnie To.

„Weißt du, dass du das andauernd fragst?"

„Du beziehst mich eben nicht in deine Pläne ein."

„Wir gehen auf den Markt."

„Was?"

„Noch nie von Old Market Town gehört?"

„Nope. Was ist das? Eine Shoppingmall?"

„Bin ich jetzt deine Reiseführerin?"

„Absolut. Du bist eine entzückende Reiseführerin."

„Entzückend?"

„Ein schönes Wort. Also: Wo geht unsere Reise hin?"

„Willkommen bei Lozen Travel, ihre Agentur für Abenteuer und Spaß im urbanen Raum. Wir werden in Kürze im Nirgendwo zwischen D.C. und Baltimore landen."

„Im Nirgendwo? Wie spannend. Details bitte."

Lozen startete den Wagen und fuhr los.

„Old Market Town war im neunzehnten Jahrhundert eine Siedlung mit einem Marktplatz für die Farmer der Umgebung, der irgendwann geschlossen wurde, weil es mehr Sinn machte, in D.C. und Baltimore seine Produkte zu verkaufen."

„Kapitalismus kann gnadenlos sein."

„In den späten 1960ern baute ein durchgeknallter Millionär die Häuser wieder auf, machte Läden und Wohnungen aus ihnen. Die Straßen wurden zur Fußgängerzone."

„Klingt nach einer Mischung aus Vorort und Einkaufszentrum."

„Genau. Anfang der 70er lebten da über hundert Menschen und es gab die verschiedensten Geschäfte. Hat aber nicht funktioniert. Anfang der 1980er waren fast alle Läden pleite, die Bewohner zogen weg und der Millionär starb an Krebs. Old Market Town begann zu verrotten. Heute ist es eine Geisterstadt, in der Obdachlose und Kriminelle hausen."

„Ich kann mich nur wiederholen: Kapitalismus kann gnadenlos sein."

54.

„Ob Farossis Team schon da ist?", fragte Johnnie To, als sie kurz nach Sonnenuntergang von einer schlecht asphaltierten Straße abbogen und den Wagen zwischen zwei verwilderten Bäumen parkten. Hinter denen befanden sich halb verfallene Häuser aus rotem Backstein, die aussahen, als wären es früher mal Läden gewesen.

„Sieht nicht so aus."

Johnnie To nahm die Waffe aus dem Handschuhfach und sie stiegen aus. Lozen zog die kugelsichere Weste wieder an, ging zum Kofferraum, öffnete ihn, holte die Einzelteile ihres Gewehrs aus dem Kofferraum, setzte es zusammen und steckte es mit dem Kolben zuerst in den Rucksack, sodass der Lauf herausragte.

„Du bleibst hier", sagte sie.

„Wieso?"

„Solche Einsätze sind nicht dein Ding. Außerdem habe ich nur eine schusssichere Weste."

„Du machst dir Sorgen um mich."

Lozen sagte nichts.

„Musst du nicht. Ich komme mit."

„Du könntest draufgehen."

„Selbstbestimmter Tod ist was Gutes."

Lozen schloss den Kofferraum. Sie gingen zur Main Street von Old Market Town. Rote Backsteinhäuser, die Schaufenster und Türen mit grauen Rollladen verschlossen, die mit Graffitis bemalt waren. Die Hitze hing zwischen den Häusern. Lozen begann unter der kugelsicheren Weste zu schwitzen.

„Trostlos hier", sagte Johnnie To.

Sie passierten einen zugemüllten Springbrunnen. Ausgeblichene Schilder über den Eingangstüren verrieten, was früher für Geschäfte dort gewesen waren. Vereinzelt lagen Obdachlose vor den Gebäuden. Die Laternen waren komplett verrostet und funktionierten nicht mehr. Licht spendete der Mond.

„Manchmal frage ich mich, ob unser System die beste Staatsform ist", sagte Johnnie To," Ich sollte mit Jing darüber sprechen."

„Mach doch ein Date mit ihm ab."

„Meinst du, er würde zusagen?"

Lozens Smartphone vibrierte. Sie nahm ab.

„Ja?"

„Ms. Freeman, mein Name ist Francis Sheyahshe. Ich komme im Auftrag von Harvey Farossi."

„Wo sind Sie und Ihr Team?"

„Stecken im Stau."

„Wirklich?"

„Ein Unfall. Schätze, wir brauchen noch mindestens eine Stunde."

„Verstehe."

„Warten Sie auf uns."

Lozen antwortete nicht und beendete das Gespräch. Johnnie To sah sie fragend an.

„Farossis Team kommt später."

Vor ihnen ging eine Straße nach links ab. Sie folgten ihr, bis eine weitere nach rechts abbog und sie ein dreistöckiges Gebäude mit kaputten Fenstern und einer Feuerleiter sahen. Das Schild „Beauty Supply" hing über der Einfahrt, die offen stand. Im Inneren brannte Licht. Gegenüber befand sich ein bis auf ein paar ausgebrannte Autowracks leerer Parkplatz, überwuchert von Gras und Unkraut.

„Spicers Labor", sagte sie.

„Keine Wachen."

„Das Gesetz kommt nicht nach Old Market Town. Offiziell lebt hier niemand."

Mehrere Kerle traten aus der Einfahrt ins Freie, wo sie anfingen zu rauchen. Lozen zog Johnnie To hinter einen ausgebrannten Van. Zwei der Kerle trugen die Kutten der Patriot Nation, einer hatte die Maske der Horde am Gürtel hängen, einer von ihnen war ein weißhaariger Mann mit Bart und Brille, der eine Stoffhose, Hemd und ein Jackett trug. Lozen und Johnnie To kannten ihn. Es hieß Pierce Britton, kam aus South Dakota, war der Gründer der Patriot Nation und der rechten Website American Guard, ein gefährlicher Radikaler mit Ehrgeiz und reichen Finanziers.

„Der ist auch überall dabei", sagte Johnnie To.

Als die Typen aufgeraucht hatten und in der Einfahrt verschwunden waren, zog Lozen die Kapuze des Hoodies über den Kopf und den Schlauchschal über Mund und Nase.

„Was machst du?", fragte Johnnie To.

„Ich gehe rein."

„Sollten wir nicht auf Farossis Leute warten?"

„Wir wissen nicht, was die dadrin treiben. Wenn wir warten, kann es zu spät sein."

„Bist du sicher?"

„Yeah. Du gehst zurück zum Wagen."

Ohne die Antwort abzuwarten, lief sie über den Parkplatz. Sie kletterte über die Feuerleiter ins oberste Stockwerk, schlich durch einen vermüllten Raum, gelangte zu einer Balustrade aus Metall, von der sie ins Erdgeschoss schauen konnte, in eine Halle, in der Wagen und Motorräder standen und links eine Art Labor unter einem transparenten Zelt eingerichtet worden war, in dem Kisten und Kanister standen. Es roch faulig, was typisch für ein Meth-Labor war. Lozen sondierte durchs Zielfernrohr des Gewehrs die Lage. Neun Typen. Chip Spicer stand mit Pierce Britton und Jack Heck vor dem Labor. Lozen machte mit dem Smartphone Fotos, setzte dann das Gewehr zusammen, schraubte einen Schalldämpfer auf den Lauf und schaute durchs Zielfernrohr, das nun auf dem Schaft befestigt war. Im Labor stand ein aufgeklapptes Laptop, daneben lag der Schlüssel. Sie entdeckte einen Haufen Flaschen. Vermutlich produzierte Chip Spicer an diesem Ort Meth nach der Shake-and-bake-Methode, bei der die Zutaten in eine Flasche gegeben und geschüttelt wurden, während die chemische Reaktion ablief. Die Flaschen waren kleine Bomben, weil der dabei entstehende Wasserstoff explodieren konnte, wenn man sie nicht häufig genug aufschraubte. Außerdem benutzten die Produzenten leicht entzündliche Lösungsmittel wie Diethylether, die das Brandrisiko erhöhten. Lozen entdeckte Kanister davon. In der äußersten Ecke des Labors gab es einen Glasbehälter, in dem sich zwei Minischweine befanden. Vermutlich wollten sie an ihnen den Kampfstoff testen. Hatten sie schon welchen produziert? Das war die Frage. Lozen schaute aufs Smartphone. Nichts von Francis Sheyahshe und seinem Team. Sollte sie warten? Es sah nicht so aus, als würde die Zeit drängen. Aber wenn er da wäre, würde er den Schlüssel sicherstellen und Harvey Farossi bringen. Sie schaute noch mal in die Halle, dann legte sie an und schoss. Viermal in schneller Folge. Auf die Flaschen und Lösungsmittel. Feuer, es verbreitete sich schnell im Labor. Chip Spicer, Pierce Britton und Jack Heck rannten nach draußen. Lozen schaute durch das Zielfernrohr zum Laptop und dem Schlüssel. Die Flammen hatten sie schon erreicht. Sie sprang auf, lief zur Feuertreppe, kletterte sie hinunter, rannte unentdeckt über den

Parkplatz zu Johnnie To, lief mit ihm zum Wagen, sprang rein und fuhr los. Niemand folgte ihnen. Johnnie To stellte das Radio an. „Wir sterben bald", sang die Sängerin. An einer roten Ampel rief sie Harvey Farossi an.

„Gute Nachrichten, hoffe ich, Lozen."

„Schlüssel zerstört, bevor ihn die Horde einsetzen konnte."

„Du konntest ihn nicht sicherstellen?"

„Keine Chance. Es bestand Handlungsbedarf und dein Team war zu spät."

„Das soll ich dir glauben?"

„Das ist mir egal, Harv. Für mich zählt, dass die Spinner den Kampfstoff nicht einsetzen können."

„Hm."

„Genau: hm."

„Die Postbotin?"

„Keine Ahnung, wo sie ist."

Sie schickte ihm die Fotos der Typen vorm Beauty Supply.

„Beteiligte Personen: Chip Spicer, Jack Heck, Pierce Britton."

„Britton war dabei?"

„Yeah."

„Der hat Freunde im Capitol."

„Ich weiß."

Harvey Farossi atmete tief durch.

„Was soll das tiefe Atmen, Harv?"

„Nichts, ich denke."

„Darüber, wie Lozen Graham wieder aufersteht?"

„Darüber muss ich nicht nachdenken."

„Heißt was?"

„Heißt was? Die Aktion war kein Erfolg."

„Was?"

„Die Postbotin finden war Auftrag eins, Sicherstellen der Formel Auftrag zwei. Das hast du beides nicht geschafft."

„Harv."

„Waren das die Aufträge?"

„Ja, sicher, aber Dinge laufen manchmal anders."

„Das ist so. Aber Deal ist Deal. Außerdem glaube ich nicht, dass du ernsthaft versucht hast, den Schlüssel zu besorgen. Im Herzen bist du eine Idealistin."

„Wichser."

Er legte auf.

„Fuck", sagte Lozen, die sich fragte, ob Harvey Farossi so handelte, weil er sie als Dee Freeman besser einsetzen konnte, da sie, anders als Lozen Graham, eine Unbekannte war.

„Was ist los?", fragte Johnnie To.

„Nicht wichtig."

Er sah sie an.

„Er wird Lozen nicht zurückbringen, richtig?"

Sie nickte.

„Er ist ein Arsch", sagte er.

„Ist er."

„Also ist die Sache vorbei?"

Sie antwortete nicht. Die Moderatorin im Radio kündigte den nächsten Song an. Er war schon etwas älter und hatte den Titel „Sei glücklich".

„Nichts ist schlimmer als Optimismus", sagte Lozen.

55.

Lozen betrat den Batting-Cage, öffnete den Kanister, verteilte das Benzin, verließ den Käfig wieder, holte ein Sixpack aus dem Rucksack, gab Johnnie To und Lionel eine Dose, öffnete ihre, prostete ihnen zu und trank.

„Ich frage noch mal: Was machen wir hier?", fragte Lionel, der am Morgen nach D.C. zurückgekehrt war.

„Wir wollen Baseball spielen", sagte Johnnie To.

„Verarschen kann ich mich alleine."

Sie waren raus nach Fairfax Station in Virginia gefahren, was von Takoma eine gute Stunde gedauert hatte. Der Batting-Cage, ein geschlossener rechteckiger Käfig aus Maschendraht, ausgelegt mit Kunstrasen, war Teil einer Sportanlage, die idyllisch zwischen grünen Bäumen lag. Im Batting-Cage konnte der Baseball-Batter seine Schläge trainieren. Der Schlagmann stand dabei auf einer Seite im Käfig, auf der anderen Seite die Ballwurfmaschine. Lozen entzündete ein Streichholz und warf es in den Käfig. Das Benzin brannte sofort. Die Flammen waren nicht hoch, aber verbreiteten sich schnell.

„Was soll das?", fragte Lionel.

„Ich habe es dir gesagt, sie ist eine Pyromanin", sagte Johnnie To und trank einen Schluck Bier.

Lionel sah fragend zu Lozen.

„Harvey Farossi verbringt hier jeden Sonntag. Seit Jahren. Er liebt diesen Ort."

„Und?"

Sie erzählte vom Gespräch mit Harvey Farossi.

„Warum hast du nicht seine Wohnung abgefackelt?", fragte Johnnie To.

„Er hat ein Haus in Arlington, auf der Buchanan Street, wo er aber selten ist. Es hat für ihn keine Bedeutung. Meistens hält er sich in einem Appartement in Georgetown auf, aber das in Brand zu setzen, wäre für die Nachbarn zu gefährlich gewesen."

„Logisch."

„Logisch? Wir sprechen über Willkür und Brandstiftung", sagte Lionel.

„Wir sollten gehen", sagte Lozen.

„Auf jeden Fall", sagte Lionel.

Sie gingen zurück zum Wagen, den sie ein paar Straßen entfernt geparkt hatten, und stiegen ein. Johnnie To setzte sich ans Steuer, Lozen auf den Beifahrersitz, Lionel auf die Rückbank neben Warchoi, der im Wagen gewartet hatte. Sie fuhren los. Lozen startete über ihr Smartphone einen Song. Ein Klassiker, von dem es zig Versionen gab. Sie hatte eine von einem kanadischen Sänger ausgewählt, der ihn vor ungefähr zehn Jahren aufgenommen hatte. „Es ist ein neuer Tag, ein neues Leben für mich und ich fühle mich gut", lautete der Refrain.

„Das ist jetzt übertrieben", sagte Lionel.

„Magst du den Song nicht?", fragte Lozen.

Lionel machte eine Grimasse.

„Wirst du die Postbotin suchen, Lozen?", fragte Johnnie To.

Sie nickte.

„Warum?", fragte Lionel.

„Irgendetwas an dieser Angelegenheit stimmt nicht. Und ich will wissen, was."

Sie erreichten den Fairfax County Parkway. Über die Old Keene Mill Road, die 395 Express Lane, die

North Capitol Street und die Cedar Street erreichten sie Takoma und die Butternut Street. Johnnie To, Lionel und Warchoi machten es sich vorm Fernseher bequem. Lozen ging in ihr Zimmer, zog sich um und ging laufen. Morgen war der entscheidende Butterflyfight. Als sie wiederkam, duschte sie und setzte sich zu den beiden, die einen Animationsfilm über zwei Streifenhörnchen schauten, die gegen einen erwachsen gewordenen Peter Pan kämpften.

„Ich liebe diese Streifenhörnchen", sagte sie.

„Soll ich dir eines tätowieren?", fragte Lionel.

„So groß ist die Zuneigung dann doch nicht."

56.

Es war weit nach Mitternacht. Tarantula saß wie bei ihrem vorherigen Treffen auf der zehnstufigen Metalltreppe, die auf die Veranda führte, von der man ins Haus gelangte. In seinem Schoß saß die graue Katze. Er trug nur eine kurze Sporthose.

„Hey, Dee", sagte er.

„Hey."

„Guter Kampf."

„Der Latino war tough."

„Wenn er weitermacht, wird er dich beim nächsten Mal schlagen."

„Vielleicht."

Sie setzte sich neben ihn. Die Katze schaute erst misstrauisch zu ihr, dann zu Warchoi. Lozens rechtes Auge war blau, am linken hatte sie einen Cut, die Unterlippe war geschwollen, der linke Unterarm war voller blauer Flecken und die rechte Hand bandagiert. Sie kam von Finalkampf der Butterflyfight-Championship. Der Latino war schnell gewesen. Sie hatte gewonnen, weil er neu im Butterflygeschäft war und unterschätzt hatte, was es bedeutet, wenn es keine Runden gab. Er war Pausen gewohnt. Ohne sie hatte er schnell keine Luft mehr.

„Wie fühlst du dich?“, fragte Tarantula.

„Meine Nase war schon gebrochen, meine eine Hand auch.“

„Aber richtig wehgetan hat man dir nur außerhalb des Oktagons.“

„So ist das Leben, Bruder.“

Tarantula grinste.

„Danke, dass du Zeit hast“, sagte sie.

„Hatte keinen Job heute Abend.“

Sie hatte ihm vorher eine Nachricht geschickt und gefragt, ob sie vorbeikommen könne.

„Alles gut?“, fragte sie.

„Yeah. Bei dir?“

„Auch.“

„Mein Boss hat eine Kugel ins Bein bekommen, aber das ist nicht weiter schlimm.“

„Du kannst ihm sagen, dass die Goldene Horde den Kampfstoff nicht einsetzen wird.“

„Du warst das da in der Halle.“

Lozen sagte nichts.

„Hab ich mir gedacht. Es wird ihn freuen, dass die Spinner ihn nicht benutzen werden."

„Wirklich?"

„Yeah."

„Er hätte die Auktion ablehnen können."

„Business ist Business."

„Der Geheimdienst wird ihn jagen."

„Er wird eine Weile aus der Stadt verschwinden."

„Hm."

„Was kann ich für dich tun, Dee?"

„Wo finde ich Ageng?"

„Warum sollte ich das wissen?"

„Wie du gesagt hast: Ich war bei der Übergabe."

„Und?"

„Du hast sie gerettet und dabei viel riskiert. Das macht man nicht für eine Kundin."

Er schwieg.

„Hast du den Kontakt zum Broker hergestellt? Seid ihr befreundet?"

„Du stellst gerne Vermutungen an."

„Kommt mit dem Job."

Die Katze sprang aus seinem Schoß und lief weg. Lozen hatte wieder den Eindruck, dass das Tier sie und Warchoi nicht mochte.

„Ich will ihr nichts tun", sagte Lozen.

„Du bist eine Killerin."

„Ich habe dir und deinem Boss in der Lagerhalle den Arsch gerettet. Und ich habe dich nicht an den US-Geheimdienst verraten."

„Woher weiß ich das?"

„Weil du sonst schon hinter Gittern wärst."

Tarantula verschränkte die Arme vor der Brust.

„Was willst du von ihr?"

„Ich werde ihr nichts tun."

„Aber?"

„Ich werde sie dem FBI übergeben."

Er sah sie skeptisch an.

„Du weißt, was sie getan hat", sagte Lozen.

„Es ist nicht so, wie du denkst."

„Was ist nicht so, wie ich es denke?"

Er schüttelte den Kopf. Lozen musste an Agengs Worte in der Möbelhalle denken.

„Sie hat Angst vor dir", sagte Tarantula.

„Wie kommst du darauf?"

„Ich hab mit ihr nach eurem Treffen gesprochen."

„Es ist nichts passiert."

„Trotzdem hat sie Angst."

„Wenn ich ihr was tun wollte, meinst du, ich würde einfach bei dir vorbeikommen?"

Er rieb sich die Nase.

„Wenn du in achtundvierzig Stunden noch ihren Aufenthaltsort möchtest, kriegst du ihn."

„Achtundvierzig Stunden?"

„Yeah."

„Was passiert in der Zeit?"

„Wirst du sehen."

Sie schaute Tarantula an. Sie wusste nicht warum, aber sie vertraute ihm.

57.

Ein Cowboy kam in eine Kleinstadt geritten. Der Hund eines kleinen Jungen lief zu ihm und bellte. Der Cowboy zog den Colt und erschoss das Tier. Warchoi knurrte.

„Yeah, der Typ ist ein Arsch", sagte Lozen zum Rakken, der neben ihr auf der Couch lag.

Es war kurz vor zwölf Uhr mittags. Sie schaute einen alten Schwarz-Weiß-Western und aß dabei Frühstück. Sie und Warchoi waren allein im Haus. Lionel hatte einen Job in Silver Springs und Johnnie To war vor Sonnenaufgang zu einer Fahrradtour aufgebrochen. Ihr Smartphone klingelte. Es war Harvey Farossi. Sie ging dran.

„Harv, wie gehts?"

„Verarsch mich nicht."

„Wie würde ich."

„Hast du davon gewusst?"

„Wovon?"

„Das ist deine Art von miesem Humor."

„Wovon redest du?"

„Wenn ich rausfinde, dass du es gewusst hast, wird es nicht lustig für dich."

„Geh Baseball spielen, um dich zu entspannen."

„Sag mir nicht, was ich tun soll."

Er legte auf. Interessant und überraschend, dachte Lozen, er hatte nicht wegen des abgebrannten Batting-Cage angerufen, was wahrscheinlich gewesen wäre, weil er ihre Liebe zu Feuer kannte. Weswegen dann? Ihr Smartphone gab ein Geräusch von sich. Sie schaute aufs Display. Es war eine Pushmail von NoW, einer liberalen Newsplattform, die sich den Luxus eines TV-Senders gönnte. Sie öffnete die Nachricht, las sie und musste lachen.

„Warum lachst du?", fragte Johnnie To, der verschwitzt das Haus betrat.

58.

Ein paar Stunden später. Verwackelte, leicht unscharfe Bilder, die einen dicklichen, dümmlich grinsenden
Chinesen um die fünfzig zeigten, der laut den englischen Untertiteln anzügliches Zeug redete. Er tätschelte einer jungen Frau das nackte Knie. Es waren
versteckt aufgenommene Bilder. Die Frau musste eine
kleine Kamera auf Brusthöhe getragen haben, dachte
Lozen, die mit Johnnie To und Warchoi vorm Fernseher saß. Die Aufnahmen stoppten. Es gab einen Um-
schnitt ins Fernsehstudio von „Warum? Janis Dehane
fragt nach", eine einstündige Talkshow aus Washington, D.C., die sonntags live auf dem regionalen TV-
Kanal Vox 5 News und im Netz gezeigt wurde. Die
Sendung lief noch nicht lang. Moderatorin Janis Dehane saß auf einem stylischen Sessel in einem grau-
blauen Studio mit Publikum. Sie war eine junge, in-
disch aussehende Frau und trug einen figurbetonten
schwarzen Hosenanzug und ein dunkelgrünes T-Shirt,
das mehr als den Busenansatz zeigte. Tief ausge-
schnittene und eng anliegende T-Shirts waren ihr um-

strittenes Markenzeichen. Lozen war ihr früher bei einer Ermittlung begegnet. Keine brillante Journalistin, aber erfolgreich. Janis Dehane gegenüber saß Ageng in einem gelben, kurzen Kleid, schwarzen Stumpfhosen und Springerstiefeln.

„Das waren Aufnahmen von Ihrem LukOut-Account, auf dem man sämtliche von Ihnen gemachte Aufnahmen sehen kann", sagte Janis Dehane. „Gehen wir der Reihenfolge nach durch die Ereignisse. Weshalb waren Sie ursprünglich in der Chemiefabrik in Nigeria?"

„Ich war wegen Chen Liu, dem Leiter der Anlage da, den wir eben im Video gesehen haben. Es gab Vorwürfe wegen sexueller Belästigung."

„Das ist ihr persönlicher Kreuzzug. Übergriffige Kerle auf LukOut zu überführen."

„Kann man sagen. Wobei mir Kreuzzug zu religiös klingt."

„Und in diesem Fall war es einfach."

„War es. Er hatte eine Stelle für eine IT-Expertin ausgeschrieben. Ich habe mich beworben und er hat mich angestellt."

„Was waren Ihre Aufgaben?"

„Systemmanagement und Verschlüsselung von Daten. Darunter chemische Formeln, von denen ich zu diesem Zeitpunkt nicht wusste, was sie darstellten, die ihm aber sehr wichtig zu sein schienen."

„Und dann?"

„Er fing schon in der ersten Woche an, mich zu belästigen. Das waren die Bilder, die wir eben gesehen haben."

„Aber die Sache hat dann eine ganz andere Richtung bekommen, was mit den Formeln zusammenhing."

„Yeah. Ich bin zufällig darauf gestoßen, dass dieser Chen Liu versuchte, einen Kampfstoff zu entwickeln."

„Zufällig?"

„Einer seiner Angestellten hat es mir eines Abends erzählt, als er fürchterlich betrunken war."

Die Regie spielte unscharfe Aufnahmen mit ganz miesem Ton ab, die eine Art Kneipe zeigten und jemanden, dessen Gesicht unkenntlich gemacht worden war, den Lozen aber anhand der Stimme mit Bostoner Akzent als Len Chang identifizieren konnte. Harvey Farossi würde sich ärgern.

„Hat Chen Liu es offiziell im Auftrag der chinesischen Regierung getan?", fragte Jane Dehane.

„Das weiß ich nicht. Ich schließe nicht aus, dass er auf eigene Rechnung gearbeitet hat."

„Sie sagen, es gab keinen funktionierenden Kampfstoff. Wie wir aber wissen, sind viele Menschen in der Anlage gestorben."

„Bei einem Versuch gab es eine ungewollte chemische Reaktion. Das sich gebildete Gas verwandelte die, die es eingeatmet haben, in ich sage mal aggressive Zombies."

„Wieso hat es Sie nicht getroffen?"

„Pures Glück. Ich hatte an dem Tag frei und war in der Ortschaft in der Nähe, wo ich gewohnt habe."

„Was geschah nach dem Unfall?"

„Im Dorf haben wir erst nichts mitbekommen. Aber als am Abend niemand aus der Anlage nach Hause kam, sind einige Bewohner und ich hingegangen. Wir wurden von den Vergifteten angefallen und haben es nur mit Glück rausgeschafft. Danach haben wir die Behörden in der Hauptstadt informiert."

„Und dann?"

„Die Behörden haben nicht reagiert. Achtundvierzig Stunden später haben wir Schüsse aus der Anlage gehört. Kurz darauf ist eine Soldatin durchs Dorf gekommen. Später habe ich herausgefunden, dass sie Teil einer Söldnertruppe war, die den Kampfstoff sicherstellen sollte. Vermutlich im Auftrag der USA."

„Woher wissen Sie das?"

„Als keine Schüsse mehr fielen, haben wir es gewagt, wieder zur Anlage zu gehen."

Erneut wurde ein Video eingespielt. Einige Schläfer liefen desorientiert auf dem Gelände. Nach ein paar Sekunden wurde wieder ins Fernsehstudio geschnitten.

„Am Rande der Anlage haben wir den Angestellten, der mich angesprochen hatte, schwer verletzt entdeckt und ins Dorf gebracht", sagte Ageng.

Wieder ein Video: Len Chang, dessen Gesicht erneut unkenntlich gemacht worden war, lag auf einem Bett. Er hat es aus dem Großraumbüro geschafft, dachte Lozen. Er hatte einen blutigen Verband um den Hals, schwitzte und redete im Delirium:

„Schiefgegangen, alles schiefgegangen, alles umsonst."

„Was ist schiefgegangen?", fragte Janis Dehane.

„Aus seinen Bemerkungen konnte ich mir die Geschichte zusammenreimen. Er war offenbar ein Informant des US-amerikanischen Geheimdienstes, der, um sich interessant und um Geld zu machen, nach dem Unfall seine Auftraggeber kontaktiert und erzählt hatte, es gäbe einen neuartigen Kampfstoff."

„Was haben Sie gedacht, als Sie das gehört haben?"

„Das Regierungen nichts dazulernen. Es geht immer um Macht. Menschen sind Nebensache."

„Wo befindet sich der Angestellte jetzt?"

„Er ist leider am nächsten Tag gestorben. Seine Verletzungen waren zu schwer und es gab keinen Arzt."

Sie hatte den sterbenden Len Chang gefilmt und befragt. Sehr feinfühlig war die Postbotin nicht, fand Lozen. Janis Dehane fuhr sich durchs Haar.

„Wie ist es dann weitergegangen?"

„Wir sind später erneut zurück zur Anlage und haben die Toten geholt. Dabei habe ich das Computersystem überprüft und festgestellt, dass die von mir verschlüsselten Daten runtergeladen worden waren. Da wurde mir klar, warum die Söldner gekommen waren."

„Und dann hatten Sie die Idee?"

„Genau."

„Die Idee, die USA und China auf eine Jagd zu schicken. Nach einem Kampfstoff, der gar nicht existierte."

Ageng nickte.

„Warum?"

„Ich wollte zeigen, wie geil die Supermächte auf eine menschenverachtende Waffe sind, die illegal ist."

„Viel Zeit zum Planen hatten Sie nicht."

„Nein. Es war alles sehr spontan. Improvisiert. Von der Rückreise über den Abgang aus dem Hotel bis zur Auktion."

„Dafür hat es gut funktioniert."

„Das stimmt. Damit hatte ich nicht unbedingt gerechnet."

„Zwei Supermächte, ein illegaler Kampfstoff. Wie die Sache ausging, gleich nach der Werbung", sagte Janis Dehane und ein kurzer Abspann begann.

„Schon eine Riesensache", sagte Johnnie To.

„Yeah."

Nach Harvey Farossis Anruf war Lozen durch die Newsfeeds gegangen und schnell auf Ageng und ihre Veröffentlichung gestoßen. Die Geschichte hatte hohe

Wellen geschlagen, Greg Arbona und die anderen Graysons waren in heller Aufregung.

„Was ich nicht begreife, ist die Geschichte mit ihrem Verschwinden aus dem Hotel", sagte Johnnie To.

„Das wird sie uns sicher gleich erzählen."

Die Werbepause endete. Das Intro begann. Dramatische Musik. Schnell geschnittene Bilder vom Weißen Haus, von Capitol Hill, vom Lincoln Memorial, von namhaften Politikern beider Parteien. Dazwischen Bilder von Janis Dehane.

„Willkommen zurück. Unser Thema heute: Die Bloggerin Ageng schickt zwei Supermächte auf die Jagd nach einem Kampfstoff, einem nicht existierenden Kampfstoff", sagte die Moderatorin und fasste anschließend die vorherigen Erkenntnisse zusammen.

„Dann war da die Sache mit dem bizarren Video und ihrem mysteriösen Verschwinden aus dem Hotel."

„Das war inszeniert."

„Sie haben das Video produziert und veröffentlicht?"

„Ja."

„Wozu?"

„Aufmerksamkeit."

„Aufmerksamkeit?"

„Ich habe ein Forum geschaffen. Viele Menschen haben sich gefragt, was mit mir passiert ist. Ich ging davon aus, dass in dem Moment, in dem ich wieder auf der Bildfläche erscheine, die Graysons und andere Interessierte über mich und den Kampfstoff berichten würden. Das hat funktioniert."

„Aber haben Sie damit nicht das Risiko erhöht, gefunden zu werden?"

„Nicht wirklich. Es war klar, dass mich die Geheimdienste suchen würden. Da machten die Metro-Police und ein paar Amateure keinen Unterschied."

„Verstehe. Schließlich haben Sie eine Auktion im Dark Net gestartet, um die beteiligten Supermächte an die Öffentlichkeit zu bringen."

„So ist es."

„Wie haben Sie das gemacht?"

„Ich habe früher Daten transportiert."

„Illegale Daten. Dafür saßen Sie im Gefängnis."

„Genau."

„Sie haben alte Kontakte benutzt."

„So ist es. Ich hatte da noch Freunde. Die haben die Auktion gestartet."

„Wussten die Bescheid?"

„Teilweise."

Wahrscheinlich gehörte Tarantula dazu, dachte Lozen.

„Am Ende gab es fünf Bieter", sagte Janis Dehane.

„Ja. Sie nannten sich Doe, Joe, Joe52, Jane und Beer."

„Originelle Namen."

Das Publikum lachte verhalten.

„Haben Sie herausgefunden, wer hinter den Aliassen stand?"

„Joe52 war China, Joe die USA. Die anderen beiden konnte ich nicht identifizieren. Aber einer war sicher die Goldene Horde."

„Die Goldene Horde, das war etwas, mit dem Sie nicht gerechnet haben. Die Rechtsradikalen haben Sie während der Übergabe angegriffen."

„Das stimmt. Wegen ihnen hat es Tote gegeben, was ich sehr bedauere."

Ein weiterer Einspieler startete. Schnell geschnittene, verwackelte Bilder aus der Lagerhalle: Die Typen der Goldenen Horde, Jing Uen und der Human-Resources-Typ mit unkenntlich gemachten Gesichtern. Lozen sah sich, wie sie versuchte, den Stick zu bekommen.

„Wie konnte die Horde Sie finden? Die Übergabe war wahrscheinlich an einem geheimen Ort."

„War sie. Und ich kenne die Antwort bis heute nicht."

„Die Chinesen hatten den Kampfstoff ersteigert. Für wie viel?"

„Fünfundfünfzig Millionen."

„Wann war die USA ausgestiegen?"

„Bei fünfzig."

„Die Horde?"

„Bei zwanzig."

„Dass Supermächte Geldmengen in der Höhe besitzen, ist nicht überraschend. Aber wie konnte die Horde, eine Gruppe von Radikalen, eine solche Summe aufbringen?"

„Das muss man noch herausfinden, denn es ist beunruhigend."

„Das Weiße Haus, das einen Kampfstoff ersteigern will, die chinesische Regierung mit demselben Ziel und eine Terrorgruppe, die Millionenbeträge zur Verfügung hat. Wie kann das sein? Um das zu besprechen, schalten wir zu unseren nächsten Gästen: Anne

Phillips, Staatssekretärin des US-Verteidigungsministeriums, die sich zurzeit in Camp David aufhält, und Todd Jacob, politischer Analyst bei NoW."

„Sie hat alle verarscht", sagte Johnnie To, „auch dich."

„Das hat sie", sagte Lozen.

„Kein Wunder, dass Farossi sauer war."

„Yeah."

„Aber eigentlich sehr cool das Ganze."

„Absolut."

Lozen ging in die Küche und holte eine Weißweinflasche und zwei Gläser.

„Gute Idee", sagte Johnnie To.

„Absolut."

Lozen füllte die Gläser und sie tranken, während die Staatssekretärin jegliche Beteiligung an der Versteigerung abstritt.

„Was wird nun passieren?", fragte Jonnie To.

„Sie hat sich als Heldin aufgebaut, die alles riskiert, um diesen Skandal an die Öffentlichkeit zu bringen, um die USA und China vorzuführen. Bestimmt folgt ein dicker Buchdeal und eine Dokuserie."

„Das meinte ich nicht, das ist klar."

„Farossi wird vermutlich Ageng verklagen. Wegen was auch immer. Und nach China wird sie nie mehr reisen können."

„Die Horde könnte gefährlich für sie werden. Dieser Heck und seine Schwester sind irgendwo da draußen."

„Das ist so."

„Hast du das diesem Tarantula gesagt?"

„Yeah. Er wird auf sie aufpassen. Falls er Hilfe braucht, wird er sich melden."

Der NoW-Analyst erklärte, dass China und die USA alles leugnen würden.

„Weißt du, wo Ageng sich aufhält?"

„In der Stadt."

Ageng hatte kein großes Geheimnis daraus gemacht. Für ihre Veröffentlichungen auf den Social-Media-Plattformen hatte sie Aufsager gemacht. Lozen hatte im Hintergrund Horaks Schnapsladen erkannt und sich an die Pilze an den Handgelenken erinnert. So einfach, so normal, ein Pärchentattoo. Die Postbotin hatte einen Freund.

„O Mann, wie banal", sagte Johnnie To, als sie es erzählt hatte.

„Absolut."

Es begann eine erneute Werbepause. Sie leerten ihre Weingläser, Lozen füllte nach.

„Wirst du sie besuchen?"

„Vielleicht. Ihr Freund ist nett."

„Der hat dich damals in die Wohnung geschickt, obwohl er wusste, dass da die rechten Spinner rumlungern."

„Ich glaube nicht, dass er wusste, dass die noch da sind. Er hat mich einfach weitergeschickt und dachte, ich würde auf eine leere Wohnung stoßen."

„Du wirst weich."

„Ich werde nie weich."

Die Werbepause von „Warum? Janis Dehane fragt nach" war einen Werbespot lang. Wieder kam das Intro. Währenddessen kam Lionel nach Hause.

„Was macht ihr zwei eigentlich noch außer saufen und Fernsehen schauen?", fragte er.

„Nichts", sagte Lozen.

„Absolut nichts", sagte Johnnie To.

Personenregister in alphabetischer Reihenfolge

Greg Arbona, ein Mitglied von Graysons – the Detectives of the Internet

Ageng, eine chinesische Postbotin

Pierce Britton, ein Faschist, Rassist, Gründer der rechtsradikalen Gruppe Patriot Nation und der Internetseite American Guard

Broker, ein Mann, der illegale Versteigerungen veranstaltet

Jack Cebulski, ein Drogenhändler und Zuhälter

Chen, ein allwissender Afroamerikaner und Cebulskis Partner

Aslan Dvoskin, ein Gangster, für den Lozen Graham arbeitet

Harvey Farossi, der Berater von Adam A. Kettle, dem Präsidenten der USA

Gene Montclare, der Organisator der Butterflyfights

Lozen Graham, eine ehemalige Scharfschützin und Ermittlerin des CID, früher Chefin von Graham Security, die jetzt unter dem Namen Dee Freeman als Freelancerin unterwegs ist

Jack Heck, ein Mitglied von Graysons – the Detectives of the Internet

Adam A. Kettle, Präsident der USA

Lionel, der Freund von Lozen Graham

Tracy March, die rechtsradikale Schwester von Jack Heck

Jodie Miwa, eine FBI-Agentin, die für Harvey Farossi arbeitet

Dave Pichetshote, ein Schläger

Alison Prandi, ein Mitglied von Graysons – the Detectives of the Internet

Francis Sheyahshe, ein Soldat

Johnnie To, ein Dieb und Lozens Mitbewohner

Jing Uen, ein chinesischer Agent

Joko Uwais, ein Cyberkrimineller und Besitzer des Belhaven Hotel

Warchoi, ein Rakken